돌아보니 함께여서 행복했습니다

돌아보니 함께여서 행복했습니다

발행　　　2022년 08월 11일
저자　　　황의태, 새로운 이티
펴낸이　　한건희
펴낸곳　　주식회사 부크크
출판사등록　2014. 07. 15(제2014-16호)
주소　　　서울특별시 금천구 가산디지털1로 119 A동 305호
전화　　　1670-8316
E-mail　　info@bookk.co.kr
ISBN　　　979-11-372-8702-0

돌아보니 함께여서 행복했습니다

황의태 지음

BOOKK✎

프롤로그

멋모르고 시작한 공직생활, 어느덧 40여 성상을 훌쩍 헤아린다. 세상은 그간 많은 것이 바뀌었다. 한 사회가 생각하는 공통의 가치관이 시간이 지나면서 바뀌고 새로운 것으로 대체되면서, 공익을 위해 일하는 공직의 의미 또한 보편적으로 동일한 것이 아니라 개개인의 가치관에 따라 달리 생각할 수도 있다는 분위기로 바뀌었다. 그건 내가 의식하지 못하는 사이에 훅 내게 다가온 것 같다.

공직이라는 외길을 걸어오면서 무엇이 소중한 것인가 늘 생각하면서 살아왔고, 어떤 길을 가야 하는지 많은 고민을 했다. 소중한 가치가 있다고 생각한 공직을 선택해서 퇴직에 이르기까지 매 순간마다 최선의 선택을 하기 위해 정성을 다했으니 나름 잘 살아왔다고 스스로 자부한다.

'인생은 기록'이라 했던가. 공직의 길을 걸어오는 동안 보고 듣고 경험했던 일들에 내 짧은 생각을 담아보았다. 말하자면, 나의 일상생활을 통해 그때그때 일어나는 느낌이나 나와 내 주변 사람들이 서로 교감을 나눈 사연과 삶의 편린들을 모아 엮은 것이다. 부디 이 책자에 수록된 나의 글들이 독자 여러분에겐 고달프고 겸연쩍은 공직자의 뒤안길에 대한 이해를 돕고, 내 가족에게는 가족 사랑의 매개체가 된다면 더할 나위 없는 보람과 기쁨이 되겠다.

이제 공직자로서의 나의 길은 끝이 났다. 하지만 아직 나의 인생은 끝나지 않았다. 인생의 제2막이 새로이 열리고 있다. 건강한 몸과 마음은 새로운 시작을 위해 무엇보다 소중하다. 행복한 내일을 꿈꾸는 것도 오늘의 내 몸과 마음이 온전해야만 가능한 것이니까. 어제 하루에 감사하고 오늘의 아침 햇살에 미소지으며 내 주위의 모든 것들에 대해 감사하고 겸손한 마음으로 내일을 열어가야겠다.

그동안 많은 성원과 격려를 아끼지 않았던 동료와 가족에게 무한한 감사를 드린다.

2022. 6 황의태

Contents

제 1장

걸어야 얻는 것이 있다

새로운 다짐

오늘로 공직에 몸을 담은 지 어언 37년이 되었다. 군 생활 3년을 계산하지 않아도 긴 세월이다. 앞으로 365일이 지나면 어떤 방식이든 공직생활을 마무리해야 하는 첫날이기도 하다. 내 인생사에 의미 있는 하루로 기록하고 싶은 날이다.

사무실은 하반기 정기인사로 어수선하다. 우리 부서도 종열 계장과 민정 주무관이 본청으로, 희종 주무관이 계장 보직을 받아 의창구청으로, 정조 주무관이 집 가까운 웅동2동으로, 재호 주무관과 막내인 자룡 주무관은 승진해서, 공원사업소, 진해구청으로 각각 이동했다.

좋은 결과를 가지고 승진 또는 영전하니 부서장으로서 이보다 더 기분 좋은 일이 있을까? 모두 고생했고 그동안 수고 많이 했습니다. 아직 많은 시간이 남아 있는 공직생활에 큰 발전이 있길 바라며 함께한 시간이 앞으로 조금이나마 도움이 되는 시간이 되었길 바라는 마음이다.

2019년 1월 7일 산업입지과에 부임할 때, 먼저 전입을 온 직원이 대다수이었지만, 2년이 지나는 시점에 나는 터줏대감이 되었고, 그동안 많은 직원의 이동이 있었다. 인사이동 대상이 되었다는 것은 좋은 의미가 더 많은 것 같다. 인사의 내면을 보면, 보은 인사, 성과 인사, 발탁 인사, 좌천 인사 등으로 이야기하고 있다.

인사가 만사라는 이야기를 하지만, 항상 후유증으로 한 번씩 홍역을 치른다. 시간이 지나면 모두 현실의 일상으로 돌아가는 모습처럼 보이지만, 그 내홍은 오랫동안 불씨가 되고, 구성원들의 갈등으로 남아 부정적인 면을 남기는 일들도 있다. 그만큼 구성원 각자 관심이 크다는 이야기다.

나도 한번 옮겨 볼까 생각해 보았지만, 일 년 뒤면 공직을 마무리하기 때문에 새로운 부서에서 부서장으로서 같이 있는 직원들에게 성과를 낼 수 있게 도움을 주는데 시간적 부족함이 있고, 나 자신의 편의를 위해 의미 없이 시간을 보내는 것보다, 지금 진행되고 있는 일에 완성도를 높이는 것 또한 공직을 마감하는 큰 의미가 있지 않을까 해서 접어두었다.

구성원이 많이 바뀌다 보니 마음속의 동력이 다시 살아날까 하는 걱정도 있다. 하지만 부서장인 내가 긍정적인 생각을 가지고 추진한다면 경험이 부족한 직원들로 많이 구성되어있지만, 동기부여가 되어 새로운 동력이 되지 않을까 생각해 본다.

모든 일은 혼자서 하는 것이 아니고, 함께하기 때문이다.

월요병 등 언저리에서

월요일은 항상 주말을 잘 쉬었는데도 왠지 몸이 활기차지 못하다. 월요병이라고도 한다. 월요병은 심리적 증상으로서 주말에 흐트러진 생체리듬이 원래의 리듬에 적응해 가기 위한 신체적 현상이란다.

주말 동안 즐겁게 보낸 휴식에 대한 미련이 남아 있는 상태에서 새로운 한 주를 시작해야 하는 심리적 긴장감에서 오는 스트레스성 두통 증상과 피로감으로 질병은 아니라고 한다.

직장인뿐만 아니라 주말을 쉬고 월요일 정해진 시간에 출근, 또는 등교하는 모든 사람이 느끼는 것으로 이러한 현상을 피하기 위해서는 주말이지만, 급격한 변화가 있는 생활방식은 피하는 것이 좋을 것 같다.

생활의 리듬이 중요한 부분이다.

샐러리맨을 탈출하는 그 날까지 느껴야 할 증상이다.

퇴직하신 분들의 이야기를 들어 보면 자기도 잘 몰랐는데, 출근 스트레스가 있음을 퇴직 후에 알았다고 했다.

직장 생활이 무한하지 않기 때문에, 이 또한 즐겁게 받아들여야 할 것 같다.

우리 부서와 직접적인 관련은 없어도 지역사회에서 일어나는 모든 사건에 대해서 간접적인 영향을 받을 수밖에 없다.

청 내 분위기는 오늘 저녁까지 버스노조와 협상이 결렬되면, 내일부터 버스 운행 중지사태가 예견된다며 아우성을 친다.

버스 운행이 중단되는 사태까지 간다면, 장마와 겹친 출근길 불편함은 오로지 시민들의 몫이 되고, 직원들은 버스 안내요원으로 차출되어 시민들의 불편을 조금이라도 덜어주어야 하는 상황이 벌어진다.

매년 반복되는 소모적이고 불필요한 일들이라 생각할 수 있지만, 당사자들 입장은 그렇지 않을 수도 있다.

변화하는 근무상황에 따른 근로 조건개선과 가장으로서 가정경제를 책임지고 있는 상황에서 1만 원 한 장이 절실할지도 모른다. 물론 시민들을 볼모로 잡아 자신들의 이득을 얻기 위한 행동으로 볼 수도 있다.

노동 중재위원회의 중재가 잘 마무리되었으면 하는 바람이 있지만, 2차 회의에서도 답을 찾지 못하고 있단다.

오늘 저녁 막바지 협상이 결렬되면 내일 아침 출근하는 시민과 통학생 모두 불편함을 감내해야 하며, 새벽같이 나가야 하는 차출된 직원들 또한 수고로움이 더해질 것이다.

우리는 갈등의 조정이라는 것을 향상 곁에 두고 산다. 크고 작고의 차이지만, 이해의 폭을 좁히는 과정이 만만하지 않다. 하지만 언제나 그래 왔던 것처럼 슬기롭게 해결될 것이다.

구성원들은 해결의 실마리를 찾고자 노력할 것이고, 그 수고가 많고 적음에 관계없이 시간이 길어지면 불편함과 수고가 더 따를 뿐이다. 하지만 사회 공동체 구성원들의 슬기로운 지혜는 오늘도 발휘될 것이다. 이러한 지혜는 100만 시민들이 함께해야 하는 몫이며, 공공의 편익을 위해 창원 시청 직원들은 오늘도 그 노력을 하고 있다.

그 노력으로 우리는 성과물이란 선물을 오늘도 만들어 낼 것이다!

궁금증이 세상을 만든다

인간이 움직이는 행동반경은 어디까지일까?

문득 이런 생각이 든 것은 코로나19가 우리의 모든 생활공간 이동을 제한하고 있다는 점에서다.

인류가 만든 이동 수단으로 마음만 먹으면 어디라도 갈 수 있던 상황에서, 코로나19는 인간의 기본적인 이동까지 제한하는 아주 무서운 권력이 되었다.

인류가 발견하고 발명한 가장 위대한 세 가지 중 그 첫째가 불의 발견이고, 두 번째가 바퀴의 발명이며, 세 번째는 인터넷이라고 한다.

불의 발견으로 먹는 것에 가장 큰 변화를 가져왔다. 생식 위주에서 익혀 먹게 되면서, 충분한 영양 섭취로 수명이 길어지고, 토굴, 동굴에서 지상 주거로 바뀌게 되었다.

난방으로 불량한 주거환경이 개선되어 특정 지역에 거주지를 만들어 농경과 목축업이 발달하여 풍족함을 누리게 되었다.

미지의 세계에 대한 궁금증과 남은 식량을 교환해야 하는 필요성이 생겨, 무거운 물건을 옮기기 위해 통나무를 굴리던 초기의 운반수단이 바퀴로 발전한 계기가 되지 않았나 생각해 봤다. 바퀴는 지금 우리 생활에 없으면 안 되는 중요한 도구이다.

농경사회의 발달로 날씨의 중요성과 물물교환 등으로 야간 이동을 위해 우주의 현상 및 밤하늘의 별자리 위치의 중요함을 알고 있었던 것처럼, 먼 곳과 연결·연락할 방법을 찾은 것이 낮에는 도구를 사용한 소리와 불을 이용한 연기로, 밤에는 봉화와 같은 초기의 연락 수단이 발전하여 인터넷이란 연결 수단으로 발전되었다.

지금은 언제 어디서 모든 것을 확인할 수 있는 세상이 되었다. 이 모든 것은 우리 인류가 궁금증에 대한 잠재의식을 결과물로 만들어 낸 것이 아닐까? 생각한다.

이번 주도 중반인 수요일이다.

업무협의차 서울 출장계획이 있어 7시 27분 서울행 KTX 열차를 타기 위해 집을 나섰다.

오랜만에 나서는 출장이다.

창원중앙역은 코로나 여파인지 혼잡하지 않았다.

문명의 발전으로 우리 일상생활에 많은 변화가 있다. 예전에 서울 출장을 갈 때는 아주 이른 시간에 새마을호를 타면 다행히 5시간 정도에 걸렸지만, 무궁화로 밀양 또는 동대구역에서 새마을호로 환승을 해야 하는 경우는 많은 불편함과 시간이 소요되어 1박 2일 일정으로 출장을 다니는 것이 보편적이었다.

지금은 하루 일정이 당연시되고 있다. 초등(국민)학교 시절 사회 교과서에 전국일일생활권이 된다는 내용이 있었던 기억이 있다.

40여 년이 지난 지금 우리에게 현실이 되었다.

최초 인류의 궁금증, 잠재의식이 오늘의 문명으로 발전되지 않았는지 자문자답을 하면서, 나 자신의 잠재의식을 끌어내는 동기가 되는 하루가 되었으면 한다.

정책 아이디어도 사소한 궁금증과 관심에서 만들어진다.

백신 1차 접종 날

·

연일 코로나19와 관련된 보도가 홍수를 이루고 있다. 확진자는 4,580명 네 자리를 지속하고 있다.

7월 초 사회적 거리 두기 완화로 8인까지 사적 모임을 허용한다는 보도가 불과 얼마 되지 않았다. 사회적 거리 두기가 완화될 때 많은 기대를 했었다.

코로나19로 개인 생활에 많은 편안한 점도 있지만, 시간이 길어지며 직원 사이에 알 수 없는 벽이 조금씩 쌓여가는 듯한 느낌을 받는다.

그래서 그동안 하지 못했던 직원들과의 소통의 자리를 가질 수 있지 않겠나, 내심 기대했었다. 하지만 생각으로 끝나 아쉬움이 많다.

코로나19 영향으로 자영업을 하시는 분들은 힘겹게 버티는 상황이고, 정책을 만드는 사람들은 정책의 효과가 어떻게 나타날지, 반감이 될지, 고민에 고민을 거듭하고 있는 듯하다.

현장에서 직접 코로나 예방 활동을 하는 의료진과 직원들은 끝이 보이지 않는 상황에서 사명감으로 버티고 있는 것 같다.

백신 효과가 빨리 나타나, 이러한 국면이 극복되어야 할 텐데 하는 걱정만이 도움의 길인 양 걱정만 한다는 안타까움이 있다.

오늘은 1차 백신을 접종받는 날이다. 언론은 부작용과 관련된 보도가 계속 나와 백신을 맞는 것이 옳은지 판단을 흐리게 한다.

지금 상황에서 모든 국민이 빠르게 백신을 접종하여 자가 면역 체계를 확보하는 길이 최우선인 것 같아 접종하기로 했다.

옷 소매 끝에 노란 딱지를 붙인 몇 사람이 대기하고 있었고 담당 의사 선생님의 진료와 면담을 마친 뒤 간호사의 안내를 받아 접종을 마쳤다.

처음 경험하는 것이라 두려움도 있었지만, 병원에서 15분을 대기하면서, 별다른 이상 증상이 없었고, 큰 불편이 없어 귀가했다.

진통제를 미리 준비하라는 의사 선생님의 이야기를 깜박해, 다시 인근 약국에서 진통제를 준비해 혹시 모르는 상황에 대비했다.

당일은 힘든 운동과 목욕을 하지 말라는 권유가 있어, 저녁 운동을 나가지 않고 텔레비전 리모컨만 만지작거렸다. 12시 즈음해 주사의 영향인지 잠을 청하려고 해도 쉬이 잠이 들지 않아 몇 시간을 뒤척였다. 그렇게 백신 접종한 하루가 지나갔다.

사극 드라마 어느 장면에서 역병이 돌아 죽음을 맞이한 사람들을 마을과 함께 태워 없애는 소름 돋는 장면들이 생각이 난다. 확산을 방지하기 위해 그 당시는 선택할 방법이 그것밖에 없는 안타까운 생각과 메케한 연기로 가득한 한가운데 나 자신이 서 있는 상상을 해보았다.

과학으로 발전한 현대의약품과 의료체계에서 모든 사회 구성원들이 함께한 노력으로 극복해 가는 현대에 살고 있음에 감사하는 마음을 가졌다.

'흩어지면 살고 뭉치면 감염된다.' 신조어가 있지만, 극복은 한마음으로

모든 현상에 리듬 주기가 있다

노래를 잘 부르고 음악적 재능이 있는 사람을 표현할 때 우리는 리듬감이 좋다고도 이야기한다. 그래서 리듬 감각이 있다는 이야기를 듣는 자체만으로 부드럽고 자연스러운 율동이 함께 그려진다.

언론에서 지금의 경제 동향의 경기 사이클(주기)이 하방이라 주가는 어떻고 물가와 금리는 또 어떻다는 보도를 접하는 경우가 많다.

우리 일상에서 일어나는 일에 일정한 주기가 있다는 것을 평소에도 느끼며 살아가고 있다.

그 주기를 잘 살펴서 좋은 시기에 어떤 일을 결정하게 되면, 큰 이익과 발전을 이룰 수 있지만, 그 시기가 좋지 못하면 결과 또한 좋지 못한 경우를 종종 지켜본다. 출사는 했지만, 시대의 흐름을 잘 타지 못해, 낙향하여 후학을 위해 일생을 바치거나 유배된 역사 속 인물 이야기도 있다.

이 또한 때를 이야기하고 있지만, 큰 사회변혁이 일어나는 주기에 자신의 사상과 생각이 일치하지 못한 경우가 아닐까? 당대의 시인 두보의 시구 중에 "호우지시절(好雨之時節)"이란 문장이 있다. 봄에 내리는 좋은 비는 또한 좋은 시기에 내린다는 의미다.

우리의 인체도 활동과 휴식이 적정한 조화가 이루어져야 모인 에너지를 이용하여 다음 날 활기찬 하루를 맞이하고 업무에 임할 수 있다.

생체리듬의 하루 주기가 중요한 부분이다.

나도 생체 리듬에 근접해 보기 위해 오후 11시 이전에 잠을 자려고 의도적으로 노력 해본 적이 있었다.

한 달 정도 지나니 적응성이 생겨, 생활 습관으로 만들려고 노력하던 시기도 있다.

지금은 자정 전·후에 잠을 자는 경우가 다시 많아졌지만, 의학 전문가들은 잠을 유도하는 멜라토닌이란 호르몬이 밤 9시부터 생성되기 시작하며, 오전 6시부터 8시 사이에는 잠을 깨우는 준비 호르몬인 코피솔이 생성되는 인체의 생체리듬을 우리는 갖고 있다 한다.

이 시간에 잠을 자지 않으면 인체에 여러 가지 현상이 발생할 수 있어 인체의 생체리듬을 지키길 권유하고 있다.

멜라토닌은 빛과 관련이 있어 자야 할 시간에 빛에 노출되면, 멜라토닌 분비량이 적어 수면장애로 다음날 피곤함을 호소할 수 있고, 잘 때는 장기의 대사가 늦어져 체온이 1~2도 정도 낮아지면서 혈압이 상승하여 혈관이 굳어져 심혈관계 질환을 유발할 수 있단다.

또 늦은 시간 수면은 야식을 먹을 확률이 높아, 이 경우 포도당이 바로 지방으로 변해 비만을 걱정해야 하고, 하루의 생체리듬이 깨지면서 과도한 지방이 인슐린 저항성을 키워 당뇨병의 원인이 될 수 있다고 했다.

생체리듬 중 한 달 주기, 분기 주기, 1년 주기와 같은 장기적인 주기도 중요하지만, 하루의 활력적인 건강한 생활은 1일 주기 생체리듬에서 출발하기 때문에 더 중요한 것 같다.

자신만의 생체리듬을 찾아 건강하고 활력 넘치는 공직생활 만들기.

걸어야 얻는다

8월 첫 일요일이다.

　아침 산행을 해볼까 했으나, 몸이 허락하는 대로 움직여 보기로 마음을 잡은 하루다. 억지로 일어나기가 싫다. 내 몸도 여유를 갖고 싶은지, 어제 이어 오늘도 게으름을 부리고 싶어 한다.

　평소 주말에도 정해진 시간에 일어나 움직이고, 행동하는 것이 좋아서 때로는 몸에 피로감이 있어도 산행과 운동을 자주 하곤 했다.

　피로가 누적되면 우리 몸은 상태가 나빠지는 것을 알고 자연스럽게 휴식을 취하라는 신호를 보내지만, 우리는 여러 가지 일을 핑계로 몸과 마음에 쌓이고 있는 피로를 내버려 두고 있는 것은 아닌지 한번, 되돌아보아야 할 것 같다.

　자신이 행복해야만 주변의 모든 것을 행복하게 바라볼 수 있고, 행복하게 해줄 수 있는 에너지원이 되고, 그 에너지원은 자신의 건강에서 출발하기 때문이다. 그래서 적정한 타이밍에 충분한 휴식을 가질 필요가 있다.

걸으면 쉬고 싶고, 서 있으면 앉고 싶고, 앉으면 기대고 싶고, 기대면 눕고 싶은 단순한 이치처럼, 우리 몸은 계속 게으름을 피우려고 한다. 우리는 여기 현혹되지 않아야 한다.

아내가 근무를 위해 오후 4시에 출발하는데 마중을 해주고 편안함에 계속 취해 있고 싶은 마음은 있었지만, 작은 배낭에 물 한 병을 넣어 주말이면 다니는 팔용산으로 향했다.

한낮 햇볕에 달아오른 열기는 정점을 지난 시간이지만, 아직 대단하다. 이런 열기에 등산하는 것에 대해 다른 사람은 어떻게 생각할지 모르지만, 어제부터 나태하게 보낸 시간을 보충이라도 하기 위해서인지 연신 흐르는 땀을 닦아 내면서도 기분이 좋았다.

죽전공원에서 출발하여 능선에 올라 좌측 서광아파트 능선으로 향했다. 한 번씩 불어오는 바람이 기분을 좋게 했다. 하지만 더위는 어떻게 할 수가 없었다.

얼마 지나지 않아 머리로 올라오는 열기에 정신이 혼미해져 가져간 냉수를 한 모금 마시고 머리 정수리에 한방울 떨어뜨려 보았다. 온몸에 와닿는 냉기의 찌릿함에 어떤 피서로도 표현할 수 없는 희열을 느꼈다. 등줄기로 흘러내리는 한줄기 냉수의 찌릿함을 맛보지 않고서는 표현할 수 없음을, 이런 기분에 그 뜨거운 여름 한나절에 백두대간을 휘젓고, 다녔는지 모르겠다.

인간은 직립 보행을 하면서 생각하고 도구를 사용하여 필요한 재화를 구하며 자신들을 지탱해 왔을 것이다.

걷지 않고는 아무것도 얻을 수 없음을 인간은 아득한 옛날부터 학습된 DNA로 알고 있다. 경험적 잠재의식에서 오늘도 와사보생(臥死步生)의 중요함을 깨닫게 하는 건강한 하루였다.

상사의 역할에 대한 고민

이제 본격적인 장마철로 접어들었는지, 어제 퇴근 시간까지 비가 내려 직원들 반이 비상근무를 하였다.

오후 9시 즈음 비상근무는 큰 피해가 없이 해제되어 직원들 수고를 덜어주는 것 같아 한결 마음이 가벼워졌다.

그동안 일정이 잡히지 않았든, 업무 보고가 다음날 아침에 가능하다는 연락을 받았다.

아침 출근 시간은 비교적 날씨가 좋았다.

휴게실에 가서 보고문서를 대략 살펴보고 가니 벌써 많은 직원이 보고 순서를 기다리고 있었다.

업무보고가 마무리되어 그동안 미루어졌던 업무를 결정하고 추진할 수 있게 되었지만, 직원들 인사이동으로 한동안 업무 진척에 어려움이 있을 수 있겠다는 생각이 앞서는 부분노 있다. 그렇지만 직원 모두 업무에 관심을 많이 가지고 있어 마음이 한결 가볍다.

부서장의 역할은 직원들이 일할 수 있는 분위기를 조성해 주고, 빠른 의사결정을 해서 불필요한 일을 하지 않게 해주는 것이 중요한 책무라 생각한다. 지난 시절에 그러하지 못한 경험이 있고, 그때마다 또래의 동료들과 에이~씨 하며, 마음을 다스렸던 일들이 아주 가까운 시간에 일어난 일처럼 여겨지지만, 돌이켜 보니 많은 시간이 훅하고 지나갔다.

이 조직에서 인생의 반이 넘는 시간을 보내면서 웃고 울고 고민한 시·공간이었다.

공직사회에도 시간이 흐르면서 M/Z 세대가 차지하는 비율이 점점 높아져 의사소통에 있어 많은 변화가 있는 지금, '나는 직원들과 어떻게 소통하고 있을까?' 자문해 보지만, 지난 시절은 상급자와 선배들의 이야기에 많은 것을 수긍하고, 따라주는 시대였다.

지금 M/Z 세대는 자기 주관에 대한 의사 표시가 확실하며, 개인적 시간은 누구에게도 침해받기 싫어한다. 그리고 개인적 시간을 공적 시간으로 사용하는 것에 인색할 정도를 넘어 철저하다.

서로 소통하는 방법이 SNS 등, 비대면 소통을 즐기고 있어, 어떤 생각을 가지는지 잘 알 수 없고 생각의 접근에서도 많은 어려움이 있는 것이 현실이다.

그렇지만 앞으로 우리 사회의 주인공은 M/Z 세대들이 될 것이고, 그 세대들의 사고와 또래의 문화가 주류를 이루게 될 것이다.

기성세대인 우리가 이해하려는 마음으로 다가가야 할 것 같다. 그렇다고 모든 행동에 무관심으로 용납하고 인정해 주어서는 안 된다. 이것은 방관이고 방치로 선배로서의 책무를 다하지 못하는 것이다.

후배들과의 관계에서 그런 점이 가장 경계해야 할 부분이라 생각한다.

선배는 경험을 무기 삼아 후배들을 통제하려고 하는 모습 또한 보이지 않아야 한다는 것이 평소 지론이다. 다만 그 경험을 후배에게 공유하는 마음이 앞선다면 이해하는 폭이 자연히 넓어지지 않을까?

우리 부서 분위기를 뒤돌아보며 함께하는 직원들에게 고맙다는 말을 맘속으로 전하여 본다.

무관심으로 용납을 해서도 안 되지만, 경험이 무기가 되어서도 안 된다.

좋아하는 글귀, "줄탁동시"

사무실의 하루 일정은 비슷비슷하다.

출근해서 커피 한 잔에 여유를 부리며 업무를 준비하는 직원, 아침에 보고가 있어 정신이 없는 직원, 어제의 무용담을 이야기하는 직원 등등 진한 커피 향이 하루의 출발에 기분을 좋게 만든다.

이렇게 하루는 시작이 된다.

항상 좋은 기분과 기운으로 하루를 보내려고 스스로 다짐을 한다.

내가 활기찬 에너지와 긍정적인 마인드를 가지고 직원들 하는 일에 공통의 관심을 보여 준다면, 직원들 또한 작은 사명감이 생겨 성과를 만들어 내고, 그 성과에서 보람을 느끼지 않을까? 하는 생각에서다.

지금 같은 공간에서 지내고 있는 우리 사무실의 직원은 나를 포함해서 18명이며 그중 9명이 30대이다.

M/Z 세대들은 자신의 가치와 시간 활용을 일과 삶의 균형 스타일에서 찾는 세대이다. M/Z 세대 실무자 수는 점점 늘어 나는 추세에 있다.

우리나라는 6.25 전쟁 이후인 55년부터 63년에 출생한 사람을 베이비붐(부머) 세대라 부르며 나도 이 세대 막바지에 해당이 된다. 전쟁 이후 높은 출산율로 태어나 치열한 경쟁속에서도 각자의 자리에서 인생을 송두리째 사회 구성원으로서 헌신한 세대들이다.

이러한 세대들이 몇 년 전부터 많이 퇴직을 했고, 그 빈자리를 지금의 세대들이 채우고 있다. 세대교체의 과정에서 모든 조직이 마찬가지로 많은 변화가 있을 것이다.

1997년 IMF를 겪으면서 공직에도 구조조정의 바람이 불었고, 7,8년간 신규 직원의 충원이 없었던 적이 있었다. 그러한 공백 뒤에 들어온 신규 직원들은 경제적으로 힘겹게, IMF를 겪고 있는 부모들의 자화상을 직접 목격하고 자신들 또한 그 영향을 받고 자란 세대로 기존에 근무하고 있는 직원들과 나이가 많이 차이 났지만, 중간계층이 없어 당시에도 소통에 어려움이 많았다.

지금은 그 직원들이 조직에 중간 간부와 중추적인 역할을 하는 위치에 있다. 그러한 어려움을 몸소 체험 근무하면서 자신들의 생각이 기성세대와 자연스럽게 융화되어 건강한 조직으로 발전되었다. 하지만 또 숙제가 주어졌다.

M/Z 세대와 지금의 기성세대는 사회를 인식하는 기본 베이스가 달라 서로 이해하는데 각자 많은 희생이 필요할 것 같다. 소통으로 해결해야 한다는 흔한 말처럼 소통은 정말 중요하다. 하지만 쉽지 않은 일들이다.

그들의 소통 방법은 사회관계망에서 실시간으로 일어나는 반면 기성세대는 아직도 한 공간에 모이는 오프라인 소통에 고착되어 있다.

코로나19로 인한 사회적 거리 두기로 비대면 사회로 빠르게 변화한 요인이 되었고, 지금은 사회 현상이 되었다. 이러한 면에서 M/Z세대의 소통 방법이 업무를 추진하는데, 비효율적인 방법이라고 보기는 어렵게 되었다.

시대의 변화에 맞게 적절한 조화가 필요한 시기가 되지 않았나 생각한다.

코로나19 국면이 진정되고 나면 이전의 사회 분위기로 완전히 전환되기는 어려울 것 같다.

사람들은 코로나19 국면에서 많은 것을 학습했을 것이다. 개인의 가장 큰 행사로 인식하는 결혼문화, 장례문화 등에서 서로가 접촉하지 않아도 서로의 의사 표시가 가능하고, 서로에게 부담 주지 않는 편리함까지 있다는 것을 알았다.

이렇게 보면 M/Z 세대는 더욱더 이러한 사회 현상으로 다가가는 것에 서슴지 않은 것이고, 기성세대는 익숙하지 않아서 괴리감이 생길 것 같다. 이러한 과정에서 서로간 소통의 부재는 더 생기지 않을까?

깊은 뜻은 잘 모르겠으나, 의미가 좋아 평소 인용하고 싶던 글귀가 생각난다. 불교의 표현으로, '줄탁동시'라는 글귀다.

병아리가 알을 깨고 나오는 순간 찰나에 밖에 있는 어미 닭이 신호를 감지하고 부리로 쪼아 새 생명이 탄생하는 순간을 돕는 의미다.

선배들이 보기에는 아주 사소한 일이지만, 신입 후배들은 큰 사건으로 생각하고 혼자서 고민의 시간에 빠져 있을 수도 있다. 이런 절박한 조언과 도움이 필요한 후배들이 있을 수 있다. 다만 표현하지 못하고 있는지 모른다.

부서장들의 세심한 배려와 관심이 필요한 부분이며, 이것이 가장 큰 소통이며, 조직 내 세대 간격을 좁히는 하나의 방법으로 생각을 해볼 수 있지 않을까?

모든 힘은 상호작용에서 출발한다.

사람을 만나는 의미가 무엇일까?

사람을 만나면서 알 수 있는 건 무엇일까?

태어나면서 가장 먼저 만나는 사람이 어머니이다. 그렇게 처음 사람들을 만나게 된다.

나도 두 아이의 아빠지만, 아이들이 이 세상에 태어나면서 가장 먼저 품에 안겨 마주하는 것은 엄마다.

지금은 병실에서 산모의 고통을 같이 느끼며, 출산하는 프로그램 같은 것이 있다는 이야기를 들었다. 지난 시절에는 남자가 출산 현장에 있는 것을 금기시하는 풍조가 있었던 것 같았다.

사무실에서도 아이 출산 관계로 휴가라도 내려고 하면, 농담인지 진담인지는 모르겠지만, 남자가 할 역할이 없다면서 선배들의 핀잔 아닌 핀잔을 들어야만 했다.

선배들 이야기에 눈치를 보다 늦은 시간에 간 적이 있었다. 지금 돌이켜보면 그것이 눈치 볼 사항인지 참 순진하기도 했다. 가서 할 일은 없지만 태어나는 아이와 산모가 건강한지는 챙겨야 할 것 아닌가? 엄마를 처음 대하고 태어난 아이들은 모두 건강하게 자랐다.

이런 일들을 돌이켜 보면 지금 M/Z 세대들이 부럽기도 하고 돌아가 M/Z 세대들의 분위기로 한 번쯤 생활해보았으면 좋겠다는 생각이 들 때도 있다.

M/Z 세대 역시 나름의 시대상에서 힘겨움이 있겠지만 사회적 제도가 계속 만들어지고 있어 우리나라 복지 수준의 측도를 가늠하게 된다. 작은 아이는 모세 기관지염으로 병원을 자주 왕래했다. 모세 기관지염은 자기 발로 뛰어다니는 시기에 없어진다고 어른들께서 말씀하셨지만, 과학적이지는 않은 것 같다.

아내가 걱정을 많이 했었다.

지금은 아주 건강한 성인이 되었다.

내 가족뿐만 아니라, 우리 사회를 구성하는 가장 기초단위가 가족이다. 그래서 소중하지 않은 사람이 없다는 이야기다.

가정생활부터 학교 교육과정을 거쳐 사회일원으로 독립을 하게 되고 직장이라는 또 다른 조직의 구성원으로 역할을 하게 된다.

생면부지들이 만나 생활을 하면서 서로를 알아가는 과정에 많은 갈등을 가지고 있어, 그 갈등은 결국 서로를 이해하지 못하는 것과 배려하지 못하는 것에서 생겨나는 것 같다.

이익과 성과의 공유에서 불평등이 가장 큰 원인으로 작용하기도 한다. 하지만 어떠한 역할을 혼자서 모두 할 수는 없다. 그래서 모두 중요하다.

엄마 아빠 할아버지 할머니의 사랑을 독차지하면서 사회 구성원의 정서적 잠재의식을 영아기 유아기 유년 시절에 보고 배우며 형성된다.

그 과정에 개인적인 인성과 특성이 형성되어 한 사람으로서의 인격체로 성장하지만, 성장 과정이 모두 같지는 않다. 태어난 환경부터 요즘 말로 금수저 은수저 흙수저로 회자 된다.

이 모두 사회의 중요한 구성원이다.

입술이 없으면 이가 시리다는 순망치한(脣亡齒寒)이란 말처럼 같이 있을 때는 모르지만 필요할 때 없으면 아무리 사소한 것이라도 아쉬운 경우가 된다.

같이 있는 동료의 허물에 대해서 단점을 이야기하는 것 보다, 그 사람의 장점만을 보고 나에게 부족한 부분을 보완하는 방법을 선택한다면 모두가 소중하고 중요한 사람이지 않을까?.

입술이 없으면 이가 시리다. 순망치한(脣亡齒寒)

출장길에서

오늘은 세종시에 있는 환경부와 산업자원부에 출장을 가는 날이다.

오후 1시 30분 미팅이 계획되어 있어 직원들과 함께 간다. 아침 7시 30분에 출발한 승용차는 벌써 중부내륙고속도로와 경부고속도로가 분기되는 김천에서 내려 경부고속도로를 달려 옥천 휴게소에 도착해 커피 한잔으로 약간의 여유를 갖는다.

11시 40분에 들어선 세종시는 아직도 기반시설공사와 건축공사로 바쁘게 움직이는 타워 크레인과 중장비로 인해 역동적인 도시로 보였다.

자주는 아니지만, 외국 여행 중에서 본 도시의 모습들은 조용함에 발전이 정체된 느낌을 많이 받았었다.

우리나라 대부분 도시는 아직도 역동적이다.

외국 도시의 여행에서 중세 시대의 느낌을 그대로 간직하고 있는 유럽의 여러 나라에 잘 보전된 역사 문화적 가치에 부러움과 흥미를 느끼기도 했었다. 하지만 시간이 지나면서 유럽국가들의 유적이 비슷비슷하여 다름을 찾아보기가 어려웠다.

고대부터 국가가 발전되어 오면서 영토의 개념은 한 국가의 경제적 자립과 존립에 가장 중요한 요소였으며 원시적 의미의 전쟁은 가족 씨족 부족 먹거리를 지키고 확보하는 데에서 출발했다.

지금의 전쟁도 여러 가지 요인을 이유로 들고 있지만, 자국의 이익 우선에서 출발한다는 점이다.

동·서양을 망라해 크고 작은 전쟁은 인류 역사의 한 축이었다. 유럽은 시대별 제국들의 변천사에서 알 수 있듯이, 생기고 없어지기를 반복하면서 많은 면에서 문화적 동질성을 갖지 않았나 하는 느낌을 들게 했다.

처음에는 도시 전체가 중세 시대의 흔적을 고스란히 보전하고 있어, 나 자신이 중세인이 되어 시간 여행으로 도시 중심에 한 일원이 된 듯한 느낌에 내심 흥분하고 탄성을 자아내기도 했다.

우리 민족 또한, 많은 침략전쟁을 겪으면서 역사·문화적 유물들이 많이 훼손되고 파손되어 온전한 도시 전체의 모습을 보전하고 있는 곳이 드물다.

석조 문명과 목조 문명의 차이에서 발생하는 부분도 있겠지만, 우리는 보전되고 있는 몇몇 특정시설에서 문화적 우수성을 느껴야 하는 점에서 아쉬움을 가지기도 했다.

하지만 우리나라 도시는 현재 아주 역동적이다.

아직도 무언가 부족함을 채워가는 도시의 발전적인 모습에서 민족의 진취성이 묻어나는 것은 아닌지?

세종시는 현대 감각을 간직한 도시가 되어, 먼 미래 외국 관광객들이 내가 경험한 중세 도심 안으로 빨려 들어갔던 느낌을 주는 도시로 발전하기를 상상해 본다.

업무협의차 간 일도 새로운 아이템의 정책 제안을 위해서다. 첫술에 배부르지 않듯이 큰 기대를 바라지는 않지만, 창원시 발전에 한 축이 될 수 있게 앞으로 진행이 잘 되길 기대해 본다. 이 또한 지방자치단체 사이에 소리 없는 전쟁이 아닐까?

미래 도시를 그려보며

희미한 승진의 기억

사무실의 일과는 비슷한 일정의 연속이다.

오늘은 국가산업단지 확장사업과 관련하여 보상에 불만이 있는 비상대책위원회와 미팅이 있는 날이다.

2020년 11월에 보상 협의가 시작되자, 사무실로 몰려와 자신들의 주장과 불만을 표출하며 고성과 거친 표현으로 직원들을 압박하곤 했었다.

몇 번의 공식적인 미팅을 가지는 과정에서 처음의 분위기와는 많이 달라졌고, 제2부시장님의 미팅을 요청해서 주선도 해주었다.

현장까지 직접 나와 현장의 분위기를 파악하기도 하셨다. 이러한 과정에 민원인이 요구하는 조건을 모두 수용하여 해결은 되지 않지만, 각자 하고 싶은 이야기를 발산함으로써 협의의 당위성이 부여되고 접점을 만드는 과정이라 볼 수 있다.

이후 수십 차례 미팅하였다. 이제는 재감정 후에 자신들이 나서서 보상 협의가 될 수 있도록 적극적으로 유도하겠단다.

모두 신뢰할 이야기는 아니지만, 대민 업무를 추진하는 과정에서 생각해 볼 대목이다. 대부분 나이가 있으신 분들이다.

　그중 지금까지 유독 강한 표현을 하시는 분이 계셔서 농담 삼아 연륜도 있으시고 하니 강한 표현도 좋으시지만, 이젠 부드러운 표현이 더 좋은 연세라고 하니 지금은 괜찮지 않으냐며, 반문까지 하는 사이가 되었다. 간담회를 진행하는 동안 웃음과 진중한 이야기들이 함께 오가며 간담회는 잘 마쳤다.

　소내 두 분의 과장께서 승진 교육으로 점심 약속이 되어 있어, 민원인들과 함께하지는 못했다.

　코로나19로 많은 사회적 환경이 변화했다. 코로나 이전에는 전북 익산에 있는 지방공무원연수원에서 집합 교육을 받았었다. 교육 받으면서 비로소 승진했구나! 하는 기분이 들었다.

　오늘 두 과장분들은 코로나 여파로 비대면 자택 교육을 받는다고 했다.

　공무원 생활하면서 그동안 받은 교육 중 사무관 임용 교육과정이 가장 배려해주고 대우받는 느낌이 들었다.

　교육받는 분들 대부분 그동안 일선에서 삼십여 년 이상 긴 시간 근무하면서 고생 많이 했으니, 편안한 마음으로 교육받으면 된다고 모든 강사 교수님들이 배려해주셨던 기억이 난다. 또 다른 의미를 느끼게 한 시간이었다.

　임지에 돌아와 근무하면서 승진으로 가진 그때 기분은 한순간 일장춘몽처럼 혹하고 지나간 시간이 되었고, 또 다른 무언가를 해야 하는 돌아온 일상에서 승진의 기쁨은 희미해지고, 연속되는 업무의 시간이 지나 후배 동료 승진자 두 분이랑 같은 공간에서 근무하게 되었다.

4주간의 교육 잘 마무리하고, 발전하는 공직자로서 자리매김하시길 기원한다.

'승진이 인생을 두 번 사는 건 아니잖아!' 말처럼, 목숨 걸지 말고, 업무의 가치와 자기 가치를 잘 평가 받는 게 인생의 승진 아닐까?

세대 차이

출근길이 좀 막힌다.

석동 터널을 지나서다. 진해경찰서 부근 사고가 났나, 꼼짝하지 못하고 있어 시간이 많이 지체되면 늦을 수 있겠다, 싶어 이면도로로 들어섰다.

주택가 좁은 길 양쪽에 주차된 차량과 전방에서 오는 차로 인해 가다 서다 반복하면서 대로로 다시 나왔다.

짧게나마 우회한 것이 정체 구간을 회피해서 나온 것인지? 정상적인 속도로 운행이 되고 있다.

평소보다 약간 늦은 시간에 사무실에 도착해 직원들과 간단한 회의를 마치면서, 하반기 인사이동이 있었지만, 그동안 코로나19로 직원들이 한 자리에 앉아 소통할 기회가 없었다는 생각이 들었다.

이번에 그나마 다행히 방역 지침상 8명 이하의 소모임이 가능하게 되어, 전입한 직원들과 소통의 시간은 가실 수 있게 되었다. 부서장을 하면서 느낀 것은 가장 중요한 것이 소통이고 화합이다.

두 번째로 담당자의 의지와 긍정적인 사고, 다음이 그 사람의 능력인 것 같다.

소통과 화합이라는 것이 거창하게 들릴지 모르지만, 사실은 가장 기초적인 인간관계에서 출발하는 것 같다.

그것은 서로의 관심이라 생각한다.

우리 사무실은 20대 30대의 젊은 직원들의 비율이 높아 비교적 평균 연령대가 낮은 편이다.

우리 아들·딸과 같은 20대이다. 딸은 직장 생활을 하고 있으며, 아들은 아직 학생이다.

우리 애들과도 완전한 소통에 어려움이 있는데, 하물며 일면식도 없는 이들이 직장의 특수관계로 만나 짧은 시간에 공감대가 형성될 것이며, 이해의 폭이 생길 것이며, 상사에게 존경심까지 생길까? 의문을 던져 본다.

나의 아들·딸도 역시 같은 세대의 생각들을 가지고 있을 것이다. 저들이 먼저 다가오기 이전에 내가 그러한 마음을 갖는 것이 먼저라는 생각을 해본다.

간혹 노조 홈페이지를 클릭해 보면 라떼(나때)는 상상도 할 수 없는 자신들의 생각들을 표현하는 문장들을 자주 접한다.

기성세대에서 선뜻 받아들이기가 힘든 이야기들도 많이 있다.

먼저 이해의 폭을 가지면 후배들 또한 시간이 흐르면서 이해하는 마음을 가지게 될 것이며, 언젠가 또 지금의 선배들과 같은 위치에서 세대 차이에 관해 이야기하는 자신들의 모습을 그려보지 않을까?.

' 팀보다 뛰어난 개인은 없다 '

희대의 부동산 사기 사건

2022년 올해 가장 핫~뉴스를 선택하라면 단연코 온 나라를 시끄럽게 한 한국토지주택공사 임직원들의 내부의 사전정보를 활용한 부동산 투기 아닐까? 언론에 연일 톱뉴스로 보도되었다.

이러한 영향으로 국가기관 지자체 공공기관의 개발사업과 관련이 있는 부서 직원들의 부동산 투기에 대한 전수조사가 필요하다고 아우성을 쳤다.

국회는 물론 지방자치단체 정치권에서도 난리였다. 정치적 논리가 작용하는 느낌이 드는 부분도 있었다.

우리 부서도 개발사업과 관련이 있는 부서이다 보니, 전수조사 대상으로 개인정보 열람을 위한 동의서 제출을 요구하고 있다.

또 일부 언론은 논란이 되는 개발사업에 재조사가 필요하다는 요구를 하고 있어 조사를 위해 주말에도 직원들이 동원되었고, 나무의 종류에 대한 지식이 없는 직원은 조사과정에서 어려움이 많았다며 하소연했다.

전화로 정보를 공유하며 또 수종에 대한 지식과 경험이 있는 직원에게 도움을 요청하여 마무리한 이야기를 했다.

자외선이 강한 봄 햇살을 받으면서 직원들의 수고로 조사는 끝났다. 톱 뉴스거리는 하루를 뜨겁게 달구고 붉은 석양을 남기며 지는 해처럼 수면 아래로 내려갔지만, 완전한 결론이 난 것이 아니라 어떻게 될지는 아무도 모른다.

개발 호재가 있으면, 이재에 밝은 사람들은 누구보다 선제적 행동으로 개발이익을 독점한다.

이 일들을 접하면서 1960년대 엄청난 국유재산 사기 매도 사건 이야기가 기억나 되새겨본다.

이때 우리나라는 한참 경제개발 5개년 계획이 수립되어 실행되던 시기이고 각종 사업과 경부고속도로건설사업에 막대한 재원이 필요하게 되어 부족한 재원을 해결하기 위해 전국 국유지 일소계획을 추진했다고 한다.

이 업무는 국세청에서 총괄하고 지방국세청 재산관리업무를 담당하는 부서에서 맡았다고 했다. 황당한 사건은 ○○ 지방국세청 재산관리업무를 맡은 징수2계장이 국유지의 사용 용도가 정해져 있는 공공 시설물 부지, 유적지 할 것 없이 모두 헐값에 가족 명의 또는 점유자에게 매각해서 다시 전매하는 형식으로 3천40만 평을 팔아먹었다고 한다.

이 사건으로 1994년 징역 7년을 선고받고 가석방되었지만, 당시 타인 명의로 취득한 605필지 224만㎡ 토지를 또 위조 매각하다가 다시 적발되어 15년 형을 선고받았고, 이후 아들은 아버지가 빼트린 재산으로 82억 원 상당의 부당이득을 취해 캐나다로 도주하였으나, 수사기관에서 6만 6천여 쪽의 방대한 수사자료를 번역하여 범죄자 인도 요청으로 8년 형의 징역에 처한 사건이다.

방대한 수사자료를 번역하고 준비한 담당 수사관들의 의지로 해결된
사건이 아닌가 싶다.

　　아버지와 아들에게 대물림한 국유재산 사기 매도 사건은 공직자 본연
의 자세를 생각하게 해보는 사건이다.

나의 부족함 발견

주말의 하루가 시작되는 시간이다.

　오늘 때문에 어제가 있었던 것처럼, 아침은 밝았고, 여전히 더위는 기승을 부리고 있다. 직장생활하면서 개인적 시간을 가져 보는 것이 자신에게 스스로 보상을 주는 정말 소중한 시간임을 알았다.

　어제 오후에 치과 치료가 예약되어 있어, 두 시간 일찍 퇴근했다. 그런데 함께 근무했던 직원이 연락이 와서 야간에 운동을 한번 하자고 했다. 진료 시간이 얼마나 소요될지는 모르지만, 오랫동안 잘 만나지 못한 아쉬움도 있고 해서 약속을 했다.

　진료를 마치고 급한 마음으로 저녁도 먹지 못하고 약속 장소로 향했다. 아직도 여름 한낮의 열기는 식지 않은 시간이다. 그렇지만 기분 전환할 수 있는 좋은 시간이 될 것 같다.

　모두 직원들로 오랜만에 인사를 나누었나. 살하진 못하지만, 나 자신에게 그동안의 수고에 보상을 주는 느낌이 있어, 아주 좋은 하루였다.

코로나19로 일반 음식점들은 모두 10시에 문을 닫는 관계로, 민생고 해결을 위해 어쩔 수 없이 통닭 한 마리를 시켜 야외에서 이런저런 이야기를 나누다 보니 시간이 많이 지났다.

이런 관계로 휴일 아침에 늦잠을 자는 행운까지 얻었는지도 모른다. 계획을 충실하게 세워 하루를 열심히 보내는 것도 좋지만, 한 번쯤은 몸과 마음이 시키는 데로 지내는 것이 정말 중요하다는 어느 기고를 읽은 기억이 있다.

오늘은 그렇게 하기로 했다. 늦잠에다, 늦은 시간에 아침 겸 점심을 먹고 아내의 커피 한잔에 텔레비전도 보고 에어컨을 켰다 껐다. 리모컨 장난에 오전 오후 시간이 지나는 가운데 가까운 지인과 저녁 식사 약속을 잡았다며, 시간을 알려준다.

집에서 그리 멀지 않은 장소라 걸어갈 요량으로 나서보았다. 밖은 아직도 열기가 장난이 아니다. 15분 정도 걸어서 갈 수 있는 거리지만, 도착하기 전에 땀으로 범벅될 것 같아 택시를 호출하려고 요즘 핫한 카카오 앱을 가동해 보았다. 하지만 정상 작동되지 않아, 창원~콜 웹을 열었다.

역시 오류가 났다. 할 수 없이 전화로 호출하니 10분 뒤에 택시가 도착하였다. 택시 기사님도 정확한 위치가 뜨지 않아 왔다 갔다 했다며, 창원~콜 정확도가 떨어지고 카카오가 정확하단 이야기를 했다.

일상생활에서 나름 신문물의 접근과 산업의 변화에 대해서 잘 알고 생활에 잘 활용하고 있다고 생각한 자신의 부족함을 되짚어 본 계기가 되었다.

'변화의 물결에 냄비 안의 개구리가 되어서는 안 된다.'

4차 산업에 대한 소고

산업혁명은 1차 산업에 종사하던 인구의 도시 집중화를 불러왔다.

지방의 노동력이 제조업인 2차 산업에 집중되면서 각종 기반 시설이 준비되지 않은 상태에서 급격한 도시화가 사회적 문제로 대두되었다.

이러한 문제들을 해결하기 위한 기반 시설을 갖추기 위해 건설 산업과 물류 수송을 위한 교통수단이 발달하였고, 또한 늘어나는 재화를 관리하기 위한 금융, 생필품을 공급하는 서비스 산업이 연계 발전하여 오늘날의 산업구조의 틀이 갖추어졌다고 볼 수 있다.

산업혁명은 인류의 모든 생활 모든 분야에서 일대 변혁을 일으킨 지구촌의 사건이라는 것을 잘 알고 있다.

또다시 우리 주변은 산업혁명을 뒤집을 만한 4차 산업이란 큰 변화의 물결 앞에 서 있어, 4차 산업이 실현된다면 우리들의 생활방식을 포함한 모든 분야와 산업에서 생산성 향상과 품질관리에 엄청난 변화를 예견하고 있다.

그동안 표준화된 제품 몇 종류를 소품종으로 대량 생산하여 소비자에게 제품을 구매하라고 장점을 설명하고, 광고하여 소비자의 취향보다는 반복되는 광고의 효과로 인해 구매 의사를 결정했다고 생각한다.

앞으로는 이러한 광고의 필요성도 적어지고 광고의 방향도 많이 달라질 것 같다.

앞으로 다품종 소량 생산으로 소비자 각자의 취향에 맞춘 제품들을 생산하여 공급하는 형태로 산업구조가 변화하지 않을까?

소비자는 구매제품에 직접적이고 다양한 의사를 표현하고, 생산 주체는 이러한 소비자의 욕구를 맞추기 위해 질 높은 제품을 생산할 수 있는 시스템을 갖출 것이다.

이러한 시스템을 갖추어 가는 과정이 4차 산업으로 변화 물결이 아닐까? 4차 산업의 핵심 기반 기술인 클라우드, 사물인터넷, 빅 데이터, 인공지능, 모바일 5G 통신이 융·복합화 기술로 진화되고 더 진보된 기술이 앞으로 모든 산업의 생산활동과 우리의 생활 깊숙이 영향을 미칠 것이다.

이러한 기반 기술을 통한 생산성 향상으로 생기는 많은 여유시간을 활용하기 위해 문화, 엔터테인먼트 산업들은 더 발전되고 이러한 소비 패턴이 또 활성화되지 않을까?

4차 산업혁명은 인류가 상상하는 모든 것을 실현해 주는 수단이 되지 않을까?. 하는 무시무시한 생각을 해본다.

가정해 볼 수 있는 가장 큰 무서움은 내 옆에서 같이 이야기하고 있는 사람이 진짜 사람인지 아니면 로봇 인간인지를 모르고 생활하는 일들이 사실이 될 수 있다는 것이다.

먼 미래의 이야기일 수 있지만, 이러한 상황이 실현되어가는 과정이 4

차 산업의 혁명이라 생각해 본다.

이 과정에서 기존의 틀에서 생각하던 산업의 전 분야 생활의 전 분야 일대의 변혁이 일어날 것이고, 우리의 행정 패턴도 많은 변화의 소용돌이 중심에 있을 수 있다.

특히 현장 업무와 연관이 많은 시설직은 어떤 변화가 일어날지 미리 상상해보는 것도 즐거움이 아닐까?

일상생활에서 상상의 즐거움을 찾자!

시간의 소중함

우리는 수많은 시간 속에서 살아가고 있다.

무한의 시간이지만, 개인이 갖는 시간은 한정적이다. 한 사람이 80년을 산다고 가정하면 29,200일에 700,800시간이라는 한정된 시간이다.

많은 시간이 있지만, 수면 시간과 각자 필수 시간을 제외하고 나면, 서로 시간 약속을 하는 게 쉽지 않다.

시간의 여유가 없어서인지. 너무나 많은 생각과 할 일들이 많은 것인지. 다음 날의 일정에 따라 저녁 시간이 영향을 많이 받는 것 같다. 아침 시간에 회의 또는 민원인 미팅 등등으로 시간 약속이 있을 때는 더더욱 그렇다.

지난달에 오래된 친구가 얼굴 한번 보자는 연락을 받고 그렇게 하자고 한 지가 벌써 한 달이 지나간 시간이다. 마음의 여유가 없어 그런 것은 아닌 것 같다.

시간이 있다고 일주일 내내 약속을 잡는 것 또한 쉽지 않다. 때로는 저녁 운동 때문에 또는 컨디션이 좋지 않아 좀 쉬고 싶어 이런 이유 저런 이유로 일주일 중 이틀 정도 여유시간 밖에 없는 것 같다.

퇴직을 일 년 앞둔 시점에서 그동안 지난 시간을 함께 했던 직원들과 또 선배님들에게 간단한 저녁 식사라도 한번 같이 하고 싶지만. 많은 수의 사람이다. 욕심을 부려 보지만, 시간적인 한계가 있다.

평소 사람 만나기를 좋아해서 아내로부터 핀잔을 듣는 경우가 많다.

약속 장소엔 친구가 먼저 와있었다. 하는 일 이야기, 아이들 이야기 등등 많은 이야기가 오갔다.

퇴직 후 좋은 시간을 보내기 위해 준비는 잘하고 있는지 등등 퇴직 5년 전부터 준비해야 한다는 선배님들 이야기 또한 많이 들었다. 그러나 그렇게 마음으로 와닿는 이야기가 아니었다.

7월 1일이 되면 이젠 365일 뒤 퇴직을 하는구나! 하는 생각이 들었다. 그동안 어떻게 살았는지 자신에게 자문자답해 본다. 물론 37년이 넘는 직장 생활을 훌쩍 떠나는 것이 쉬운 마음으로 정리가 될지는 모르지만, 지금의 상황에서는 가벼운 마음이 되지 않을까? 생각해 본다.

남은 시간이 소중하고 의미 있는 시간이 되도록 해야 할 것 같다.

내가 걸어본 가장 높고 먼 길

우리나라는 국토 면적의 70%가 산으로 이루어져 있다. 정말 그렇다. 주변에 크고 작은 산봉우리에 올라 보면 멀리 보이는 것은 첩첩 산이다.

그 속의 크고, 작은, 넓고, 좁은 차이의 골짜기에서 우리는 태어나서 살아가고 있다. 어떤 이는 더 넓은 세계관을 가지고 다른 골짜기로 동경심 또는 모험심을 가지고 태어나서 자란 골짜기를 떠나간다.

내 고향의 옛 지명은 소학실(巢鶴室)이다. 학이 알 놓을 둥지를 만드는 마을(집)이라는 의미가 있다. 그만큼 경치와 환경이 좋은 곳이라는 것을 알 수 있다.

마을 앞에는 국도 24호선이 지나고 비교적 큰 강이 흐르고 있지만 눈 뜨고 일어나면 가장 먼저 눈에 들어오는 것이 산이었다. 그렇다고 산골은 아니다.

누구나 태어나 아장걸음으로 한 발을 떼어 놓는 것이 인생의 첫걸음이자 가장 짧은 걸음이지만, 태어나 처음 경험하는 가장 긴 걸음일 것이다.

긴 인생의 출발선이기 때문이다.

시골인 관계로 어릴 때 친구들과 들로 산으로 뛰어다니며 놀았다. 정해진 목적을 가지고 먼 거리를 걷기 시작한 것은 학교에 가면서 시작된 걸음이고, 두 번째 걸음이 아닐까?

초등(국민)학교, 중학교는 강 상류 쪽 면 소재지로 3km 정도 걸어서 다녔다. 당시 국도는 포장되지 않은 도로였고, 버스는 1년에 몇 번 탈 기회가 있지만, 그것은 대가를 치러야 하는 경우였다.

감기가 들거나 해서 학교에 가기 싫어 늑장을 부리다, 허겁지겁 버스에 올라타는 경우였다.

중학교 때는 도로가 확장 포장되었고 자전거로 등하교를 했다. 고등학교는 강 하류 쪽 읍 소재지 4km로 버스와 자전거를 타고 다녔다.

우리 마을에는 또래 친구가 많은 편이었다. 고등학교 시절 여름 방학에 처음으로 에이형 텐트를 빌려 산에 대한 아무런 정보도 없이 2박 3일 덕유산 향적봉과 3박 4일 지리산 정상인 천왕봉 등산을 한 적이 있다.

지금은 각종 기능성 옷과 장비가 많이 있지만, 학생시절에 넉넉하지 못한 용돈을 쪼개 텐트, 배낭, 코펠, 버너를 빌리기에도 버거웠다.

평상시 신고 다니던 운동화로 장거리 산길을 걷다 보니 신발 밑창은 달아나고 발에 물집이 잡혀 성한 곳이 없을 정도였다. 청춘은 패기라며 큰소리쳤지만, 모두 힘들어 속앓이한 기억이 있다.

나의 두 발로 또다시 가장 먼 길을 걸어 기록을 경신한 사건이다.

그렇게 시간이 흘러 좁은 골짝에서 좀 넓은 산 밑을 찾게 된 것이 마산이었고, 일상에서 늘 바다를 볼 수 있는 색다른 생소함이 있지만, 지리적 연결성은 크게 없었다.

나중에야 알았지만, 매일 먹고 마시는 수돗물이 나의 고향 집 앞을 흐르는 물 일부가 섞여 있다는 데서 이상한 기분이 들었고, 가끔 고향 집에 가서 세수하고 청소한 물을 흘려보낼 때는 이 물을 내가 다시 마신다는 생각에 조심스러워했다.

어릴 때 뛰어다닌 산이 싫기도 하겠지만 직장 생활을 하면서 산을 찾는 것은 하나의 활력이 되었다. 주말이면 명산을 찾아다니면서, 우리나라 산하의 아름다움에 정서적으로 힐링이 되었다.

언론에서 일본 후지산 화산의 폭발 가능성과, 폭발하면 우리나라에 미치는 영향이 크다는 보도가 가끔 나온다.

후지산은 일본 사람들이 평생 한 번은 올라 보기를 갈망하는 동경의 대상이라고 했다. 멀리서 보는 정상부의 설산과 그 아래층 운해로 둘러싸인 풍경, 또 그 아래 계절별로 다른 이미지를 연출하는 풍경에 나도 정말 한번 가보고 싶었다.

2009년 큰 기대로 오른 산은 초입부와는 다르게 고도가 높아지면서 흐린 날씨, 화산 자갈을 쌓아 놓은 듯한 등산로, 정상에서 바라볼 수 없는 조망에 아쉬움이 가득한 산행이었다. 그렇게 이국의 정취에 대한 기대감으로 멀고 높은 걸음을 했다.

멀리 바라보는 동경심과 가까이에서 보는 즐거움은 다르다.

초등학교 사회시간에 태백산맥 소백산맥으로 배운 기억이 있다.

우리나라 산경표에서는 1 대간 9 정맥으로 표기를 하고 있고, 1 대간은

백두대간으로 민족의 영산인 백두산에서 출발하여 지리산 천왕봉까지 연결되는 구간이다

백두대간의 도상 길이는 1천 577km, 실제 거리는 약 2천 103km로 알려져 있다. 군사 분계선으로 남한에서 갈 수 있는 구간은 지리산에서 설악산 진부령까지 640km이고 실제 거리는 약 800km쯤 된다.

2004년 마산시청 산악회 회원으로서 강릉 속초에서 운항하는 페리로 러시아 자루비노항에 도착하여 중국·러시아 국경을 거쳐 백두산 종주(아쉽게도 북한 구역이 빠진 반쪽 구간이지만) 등산을 했었다.

자루비노항에 도착하여 국경까지는 버스(우리나라에서 수입된 중고 시내버스로 노선번호와 구간안내 간판이 그대로 부착되어 있었다)를 타고 이동했다.

우리나라와는 사뭇 다른 풍경이었고, 방송과 책으로 듣고 보아온 연해주였다. 일제강점기 독립운동과 우리 민족이 거주했던 역사성이 있는 곳이지만 삭막한 차창 밖 풍경은 을씨년스럽다.

국경 출입국 관리사무소에 절차를 받기 위해 허허벌판 도로에 줄 지어 선 버스는 줄어들 기미가 보이지 않았다. 에어컨도 되지 않은 버스에서 족히 반나절 이상을 보낸 것 같다.

데이터를 처리하는 컴퓨터 성능 때문인지 아니면, 직원들 업무를 처리하는 자세에 문제가 있는지 궁금했다.

내가 판단하기로는 두 가지 모두로 총체적인 문제인 것 같았다.

냉전 시대 지구의 반쪽에 영향력을 미친 대국의 이미지에 손상이 가는 순간이었다.

반면 중국 출입국 관리소는 우리나라와 비슷한 업무처리 속도였다.

중국 사람을 만만디라고 할 정도로 느린 습성이 있다고 알고 있었는데, 그 선입견이 순식간에 허물어지고 앞으로 중국이 러시아를 능가할 것 같은 직감이 왔었다.

지금은 세계 제2의 경제 대국으로 그 직감은 맞았다.

늦은 시간에 옌변 조선족 자치주 훈춘에 도착했다. 건물과 도시가 비교적 잘 갖추어진 도시였다.

저녁 식사를 하고 24인승 중국 버스(신형이었다)를 타고 포장이 되지 않은 산악도로를 덜컹거리며 목적지로 달려갔고, 두 대의 버스 중 우리가 탄 버스가 웅덩이에 빠져 꼼짝달싹하지 못했다.

전 회원들이 내려 웅덩이에 후레쉬를 비추며 돌을 채워 넣고, 뒤에서 밀어 겨우 빠져나왔다. 오지 체험을 제대로 한 것 같았다.

밤이 늦은 시간에 이도백화에 가까운 어느 산장에 도착해 하룻밤을 지냈다.

다음날 백두산의 가장 일반적인 서파 코스로 이 코스에는 5호 경계(중국과 북한의 경계가 데는 비)비가 있고, 8부 능선까지 가는 버스가 갈지자 도로를 힘겹게 올랐다.

8월의 백두산 중간 능선엔 이름 모를 야생화가 천상의 화원을 만들고 있었다. 중국 땅에서 우리의 민족 영산과 우리 국토의 아름다움을 바라만 보아야 하는 아쉬움이 앞섰다.

장난삼아 백두산 5호 경계비에 바싹 다가가 한발을 살짝 걸쳤다. 혹시 초병이 있을지 몰라 바로 발 옮겼다. 그래도 백두산 우리 땅을 밟아 보았다는 쾌감이 왔다.

서파에 올라 바라본 천지와 금강 대협곡으로 하루 일정을 보냈다.

호텔이라는 숙박 시설은 우리나라 지리산 산장보다도 못한 시설이었다. 다음날 종주를 한다는 설렘에 잠을 설쳤다.

40여 명 회원이 모두 험악한 종주를 하기에 인원 통제 등 어려움이 많다는 가이드의 설명에 각자 의견을 물어 선택하기로 했다. 절반 정도가 관광코스를 희망했고 나머지 절반은 종주를 선택했다.

그중에 지금도 가끔 이야기하고 있지만, 산악회에 열성적인 회원 한 분이 백두산 종주를 눈앞에 두고 같이 간 집사람이 걱정(가이드 뻥이 좀 있었던 것 같다)을 너무 많이 해서 산행을 포기했다.

아내를 생각하는 마음에 모두 찬사를 보냈지만, 당사자는 많은 아쉬움이 있었을 것 같았다.

종주 코스는 5호 경계비 서쪽으로 백운봉과 청석봉을 거쳐 천지의 물이 흐르는 장백폭포가 있는 북파까지 11km 구간이다. 8월이지만 정상 능선에는 아직 잔설에 얼음이 얼어 미끄러웠고 위험한 구간이 많이 있었다.

나는 산 정상부의 날씨 상황은 생각하지 않고 8월이라는 시기적인 상황만 판단하고 개방이 많이 된 여름용 트레킹 신발을 신고가 발이 시려 비닐봉지로 발을 감싸 멘 기억이 있다.

쾌청한 날씨에 구름 속에서 나타난 천지 풍경을 모두 감상할 수 있었고, 간도(만주)의 옛땅을 호령했던 선조들의 기상이 그려졌다. 능선 구간을 지나 장백폭포 하산 구간은 급경사지로 굉장히 위험했다. 다져지지 않고 쌓여있는 화산석의 낙석이 수시로 일어나기 때문에 가이드는 굉장한 주의를 부탁했다.

어느 정도 내려오자 가이드가 더 이상 가시 못하게 했다. 왜냐하면, 아래쪽에 공안이 지키고 있었기 때문이다. 후에 알았지만, 당시 사전 승인을 받아야 구간 등산이 가능했고, 또 사전 승인을 받은 경우에도 이 핑계 저 핑계 삼아 이유 없이 피곤하게 하는 경우가 있어, 가이드가 먼저 내려가 협상을 보는듯했다.

아무런 사고자 없이 천지까지 내려왔다.

기념비적인 행동을 하고 싶어 신발을 벗고 천지의 물에 발을 담갔고 얼굴과 머리에 물을 묻혀 보았다. 온 몸속으로 스며드는 차가운 전율로 10초도 못 버딘 것 같다.

장엄한 폭포수가 떨어지는 장백폭포가 눈앞에 나타났다. 각자 최고의 멋진 폼으로 기념 한 컷씩하고 바위틈 사이로 온천수가 용출되고 뿜어 나오는 수증기에 노천 온천의 진풍경을 처음 목격했다.

뿜어 나오는 수증기의 뜨거운 열기에 삶아낸 계란 하나 맛보는 것으로 백두산 종주는 마무리가 되었다.

감개무량했다.

후지산보다도 낮고 긴 걸음은 아니었지만, 의미 면에서 나의 인생에 더 긴 걸음이었다.

그 뒤 낙동정맥과 호남정맥 종주를 마치고 2014년 한 달 한 구간씩 36구간으로 계획하여 백두대간 종주팀과 함께 3년 계획으로 산행을 시작했다.

백두산에서 출발하지 못하는 반쪽짜리 지리산에서 강원도 진부령까지 약 800km 구간이다.

우리는 들머리와 날머리 상황에 따라 남진 또는 북진을 했다.

백두대간 구간에는 우리나라에 대표되는 산(백두산 금강산 설악산 오대산 태백산 소백산 속리산 지리산 등)이 모두 있다고, 보면 된다. 보통 하루에 18km에서 많게는 20~25km를 걸었다.

우리나라의 지형을 흔히 호랑이 형상이라 이야기하고 있는데, 백두대간은 그중 몸에 가장 중요한 등줄기(척추)에 해당하는 부분이다.

우리 산하의 가장 중요한 부분을 나의 두 발로 걸어 본다는 기분에 희열이 돌았다.

3년 구간으로 사계절 변화하는 우리 산하의 아름다움을 눈으로 마음으로 또는 한 장 사진으로 담았다.

힘든 구간이 많았었다.

생활 등산은 정상 봉우리 하나만 오르면 하산하지만, 이런 봉우리를 몇 개씩 넘나들어야 했다. 때로는 장대 같은 비를 맞아 가면서 간혹 짙은 안개로 길을 잘못 들어 추가 걸음을 할 때도 있었다. 또한 여름 날씨에는 큰 배낭에 2ℓ 생수병(얼음물 포함) 가득 넣어 다니기도 했다.

땀 흘리고 먹는 막걸리 한잔과 주먹밥 또는 도시락이 천하의 진미가 되었고 음식의 소중함을 깨닫게 했다.

여러 힘든 구간도 있었지만 가장 기억에 남는 구간은 2015년 9월 가을 단풍이 내리는 시기였다. 강원도 미시령에서 공룡능선 소청봉 중청봉 대청봉을 거쳐 한계령으로 내려오는 30km 구간으로 중청 산장에서 1박을 하고 다음 날 한계령으로 하산하는 계획이었다.

마산에서 저녁 늦게 출발한 차는 밤새 달려 미시령 주차장에 도착했다. 미시령 휴게소가 있었던 장소로 미시령을 넘나들던 관광객들로 한때 전성기를 구가한 곳이다.

지금은 휴게소 건물이 방치되어 흉물스럽기까지 했다. 미시령은 속초와 백담동을 연결하는 고갯마루로 주요 교통 휴게소 역할을 했었는데, 미시령 터널이 뚫리면서 호황기 명성은 어디에서도 찾아볼 수가 없다.

무엇이든 영원함이 없음을 일깨워 주었다.

미시령에서 동해 바다 위에 걸린 달을 등 뒤로 하고 출발을 했다.

오늘 구간은 남진이다. 남진이란 단어에서 조금 수월하게 들릴지 모르지만, 공룡능선과 대청을 오르는 힘든 구간이다.

바위틈새 핀 구절초와 한그루 단풍이 가을의 초입을 알린다.

공룡능선까지도 만만하지 않은 구간이었다. 대원들 대부분 힘겨워했고. 공룡의 허리를 감아 돈 운해 속에 숨어 있던 절경을 잠깐잠깐 맛보며 힘겨움을 잠시나마 잊었다.

희운각 산장 도착이 꽤 늦은 시간으로 중청까지는 아직도 힘겨운 구간이 남아 있다. 모두 에너지가 소진된 상태다. 물 한 모금과 약간의 간편식을 하고 한발 한발 계단에 올라섰다.

다른 대원도 마찬가지겠지만, 얼마 남지 않은 거리지만 주저앉고 싶은 마음에 네발로 기어가는 모양새가 되었다.

그렇게 도착한 중청의 평상에 하루의 수고로움을 내려놓았다. 대청에 걸린 보름을 갓 넘긴 달이 인상적이다.

모두 피곤으로 지칠 만한데, 소주 한잔에 이야기꽃이 핀다.

산장의 아침이 잠을 너무 일찍 깨운다.

일출이 한 시간 이상 이른 시간이지만 대청봉으로 향했다. 대청봉은 운해로 덮여 있었고, 사이로 비친 여명이 동쪽을 알린다.

아쉽게도 일출을 기대하기가 어렵게 되었다. 운해에 비친 여명으로 만족해야만 했다.

한계령으로 하산하는 것으로 1박 2일의 일정이 마쳤다.

긴 대간의 일정은 계속되어 2018년 7월 7일 마지막 종착지인 지리산 천왕봉에 도착하여 800km에 달하는 긴 여정을 전원 무사히 완주했다.

지나쳐온 뒤 길을 한참 바라보는 모습들에서 각자 자신의 감회를 정리하는 듯했다.

우리를 반기는 듯 날씨가 너무나 쾌청했고 정상에는 우리를 축하하기 위해 올라 오지는 않았겠지만, 정상 표지석 앞에서 완주 기념 촬영에 모두 축하해주었다.

각자 소망을 기원하며 멀고 긴 여정은 마무리가 되었다.

대한민국에 태어나 나의 두 발로 우리 땅을 직접 걸어본 지금까지 일생에 가장 긴 길이었다.

하지만 아직도 가야 할 더 멀고 긴 길이 있는 것 같다.

하나의 더 먼 길은 어떻게 가꾸어 가야 할지, 고민으로 남아 있는 인생 여정이 아닐까?

코로나 이후와 퇴직을 앞둔 생각

코로나19를 겪으면서

인류 역사 속에는 수많은 흐름의 연속선에서 다양한 결과물들이 생성되고 이것이 정립되어 또 이용되면서 학문으로 또는 문명, 문화 기술 생활 규범 등으로 기록되고 발전되었고, 우리는 그 영향 속에 살아가고 있는 것 같다.

문명의 발전은 흥망성쇠를 반복하면서 일어나고 있는 사실들을 우리는 알고 있으며 쇠퇴한 문명은 몰락의 위기에 치달아 역사의 한 페이지로 존재하고 있다.

이러한 문명의 몰락에는 여러 가지의 영향이 있을 수 있다.

부족 또는 국가 간 전쟁, 자연재해, 코로나19 같은 전염성 병원균 등으로 치명적인 생존 위험에 따른 몰락 등등…. 현재진행형 코로나19 팬데믹은 우리 세대에서는 경험해 보지 못한 전 지구적 사건으로 우리가 몸소 체험하며 생활해 온 모든 분야의 규칙 규범 질서에 대한 개념이 무너지고 있고, 학교 직장 대인관계 비즈니스 활동 등에서 경험해 보지 않은 새로운 질서들이 하나하나 자리 잡아가고 있는 것 같다.

식당에서 마주 보면 담소를 나누며 식사하고 차 마시는 것이 당연한 줄만 알았는데, 지금은 동료의 머리통 또는 벽을 보고 먹는 것이 자연스러워지고 있다. 현대는 사회 현상의 문제점에 빠른 적응성으로 지켜지는 것 같다.

언론 미디어에서 연일 코로나19 발생 환자는 몇몇이고 죽음에 이른 사람은 몇 명이고 백신 개발은 과연 될 것인가? 치료 약이 언제 개발될 것인가? 하는 현실의 문제들이 보도되고 있다.

지금 내 앞에 닥쳐있는 사실을 무시하고 생활하기는 어렵게 되었다.

하지만 모두 각자 위생과 보건당국의 주의사항에 따라 사회적 거리두기 등등을 실천하는 것 외에 특별한 대안이 없는 것에 대한 사회적 불안이 생기는 것이고, 이 불안의 고삐를 잘 풀어 내야만이 몰락하지 않는 역사로 기록이 될 것 같다.

코로나 이후의 세계는 과연 어떠한 모습일까.

미래의 일자리, 교육, 에너지, 투자처, 부동산의 변화, 국가 부채, 미디어 등 변화와 미래에 닥칠 불확실성에 대한 많은 걱정에 대한 해결책을 찾는데 분주해 하는 모습이 아닐까?

우리는 이미 이러한 불편한 현실에 대해 적응성을 키우고 실천하고 있다는 것에 놀라움을 느끼지 못하고 있는 것이 아닐까? 그중 하나가 급속한 비대면 산업의 발전으로 초·중·고, 대학교, 직장인들의 교육이 예다.

퇴직을 앞둔 생각

1인 1기라는 책을 접하고 나서.

빠른 사회의 변화가 시작되었다는 이야기들을 많이 듣고 또 그렇게 진행되고 있다는 막연한 생각이 있었다. 그 와중에 최근의 코로나19 사태와 발전하고 있는 ICT 기술 기반으로 하는 4차 산업구조의 변화는 우리가 가지고 있던 고정관념을 비롯한 사회의 인식 구조 자체에 엄청난 변화가 온다는 것을 다시 한번 직감하는 계기가 되었다.

고령화 사회에서 고령사회로 접어드는 시대적 위치에서 이 책에서 시사하는 점이 많았고, 또 은퇴를 앞에 둔 입장에서 많은 생각을 하게 만들었다.

사실 은퇴의 시점이 다가왔지만, 고민을 많이 해보지 않았다.

"마션"이라는 홀로 남은 화성에서의 생존기 이야기 영화를 볼 때는 우주에서 저런 상황이 생길 수도 있겠다 하는 느낌을 받았는데, 은퇴후 30년이 이 영화에 비유하면 30년 은퇴 생활의 방향 설정에 다양성을 설명하기에 충분하고 그 다양성은 각자가 가지고 있는 역량 또는 재교육을 통해 발전시켜야 할 부분인 것 같다.

은퇴 후의 1인 1기는 제2의 인생에 경제적 정서적으로 풍요로움과 건강을 제공하는 활력소인 것 같다.

많은 이들이 퇴직 후 정상이윤만을 얻을 수 있는 소자본 창업에 관심을 두지 말고, 1인 1기 개발에 관심을 집중해 볼 필요가 있다.

사실 이 책을 읽고 1인 1기의 필요성과 그것이 은퇴 후 30년을 풍요롭고 즐거움이 충만하며 또한 건강까지 함께 할 수 있는 아주 멋지고 좋은 아이템이라는 것을 느꼈다.

은퇴를 앞에 두고 있는 모든 분이 다 그럴 것이지만, 자신이 해오던 업무와 연관해서 한 3년, 길게는 5년 정도 일을 할 수 있지 않겠나 하는, 막연한 생각들을 가지고 있을 것이다.

관리 직종에 있는 주변 퇴직한 분들을 만나 보면 아파트 경비 자리 들어가기도 어렵다고 한다.

평생 화이트칼라로 일하던 선배들이 경비업무를? 하는 의문을 던져보지만, 퇴직한 입장에서 그것도 절실하단다.

나는 어떻게 할까, 어떻게 해야 할까, 막 의문이 생긴다.

고도화된 기술은 아니지만, 약간의 라이센스(사용권)가 있기는 하지만, 30년을 넘게 해온 일이라 다름의 일을 하고픈 생각을 많이 가져 보았다. 하지만 아직 번쩍 와닿는 것이 없어 고민을 좀 더 깊게 해 봐야 할 것 같다.

아직 약간의 시간이 있기에 내가 가져야 할 은퇴 후 30년의 1인 1기에 대해 좋은 방향성을 찾아 경제적 도움에 큰 비중을 두지 않는 범위에서 설정해 보려고 한다.

제 2장

1 % 가능성이 현실로

하루살이 민원으로 이름 짓다

1992년 마산시 합포구 수도과에 근무했었다.

합포구 급수구역 내 배·급수관을 통해 원활하게 물을 공급하는 시설과 공급된 물관리를 담당하고 있었다.

칠서정수장으로부터 회성배수지를 통해 직접 공급되는 저지대 급수구역과 회원가압장에서 가압을 받아 자산 배수지에 공급되어 급수되는 고지대 급수구역으로 나누어져 있었고, 당시 칠서정수장은 20만 톤 증설과 시내는 공급 시설 증설공사가 마무리되는 시기였다.

나는 공무계 담당업무를 맡았고 누수복구와 노후관 구역개량사업이 주업무였다. 사무실에는 나를 포함해 3명이 근무했다. 현장 민원은 3개 팀 7명이 담당을 하고 있었다. 사실 도심의 수도업무는 처음 접하는 것이라 많이 긴장도 했었다.

마을상수도 업무를 잠깐 접한 경험뿐이기 때문이다. 자재 창고에 쌓여 있는 수도 부속품의 종류에 놀랐고, 부품창고의 규모에 두 번 놀랐다.

수도과의 업무는 민원으로 시작되었다.

아침에 출근하면 밤새 접수된 민원 전표가 수북이 쌓여있었고, 민원 접수 담당자가 분류하여 현장 직원들에게 배부하면서 하루 일이 시작되었다. 현장 직원들은 그 전표의 위치를 찾아 직접 땅을 파서 누수 원인을 파악해서 가지고 다니는 부품으로 보수하는 체계였다.

부품이 없는 경우에는 사무실에 연락하면 창고에서 부품을 찾아 전달도 해주었다. 이런 과정에서 사무실은 민원 전화로 연신 벨이 울렸고 일부 민원인은 과격한 표현으로 접수직원의 기분을 상하게 하는 경우가 다반사였다.

지금은 감정노동자의 인격 보호 차원에서 전화 멘트로 사전고지를 하는 시대가 되었지만, 그 당시는 예사롭게 생각하고 지나쳤다.

대부분 누수 민원을 해결하기 위해서는 현장 직원이 직접 손 브레이카로 포장을 깨고 땅을 파서 보수하는 일이라 깊이에 따라 많은 시간이 소요되고 힘겨운 작업이었다.

하루에도 이러한 작업을 여러 건 처리해야 했는데, 현장 직원들이 복귀해서 아침에 한 주먹씩 가지고 나간 민원 처리 전표는 대부분 처리가 완료되어 있었다.

물론 가정집이나 얕은 골목길에서는 여러 건의 처리가 가능했다. 특별한 경우가 아니고는 처리가 되지 않은 민원은 없었다. 그러나 시간이 지나도 발생하는 민원 건수는 줄어들지 않았고 여기에는 여러 가지 이유가 있었다.

합포구 급수구역은 고지대와 서시내로 나누어져 급수 방법을 달리하고 있었다. 당시 급수량 부족으로 상시급수가 되지 않아 고지대는 격일제 급수를 하고 있었다.

그 과정에 급수하는 날에는 누수가 생겨 민원이 접수되었지만, 민원을 처리하는 당일은 현장에 격일제 급수로 누수의 흔적이 없는 하루살이 민원이 만들어졌다. 하루는 누수가 되고 다음 날은 누수가 되지 않는 하루살이 말이다. 하루살이 민원 이야기는 이렇게 태어났다.

현장에선 아침에 들고 나간 민원 중 누수가 심하고 긴급하게 처리해야 하는 민원은 먼저 처리하고, 소소한 민원들은 나중에 처리함으로써 하루살이 민원은 계속 누적된 것이다.

늘어나는 민원 건수에 비해 현장 직원들의 처리 능력에 한계도 있었다. 하지만 제도적 개선을 생각하는 분들은 없었다. 그냥 하루의 일상으로 말이다.

도시 건강을 책임진 생명수로

하루살이 민원과 누수 민원은 시간이 지나면서 조금씩 발생 빈도가 줄어들었다. 하지만 이것이 근본적 해결책은 되지 않아 시에서는 노후 급수관 교체와 배수관 구역 개량공사를 대대적으로 진행했다.

당시 블록을 형성하고 있던, 배수관 대다수가 납을 끌어 부어 연결부를 접합하는 주철관의 초기 방식으로 설치된 시설이 주종을 이루어져 있었고, 급수관은 아연도 강관이었다. 이관을 현장에서는 와사관이라 부르기도 했다.

이 시설들은 상시급수가 되면서 취약한 구조가 되었다. 마산의 지형은 무학산에서 마산 앞바다로 수로가 형성된 리아스식 해안에 자리 잡은 도시 형태로 무학산을 바라보는 남쪽은 높고 바다에 가까울수록 저지대의 지형을 가지고 있었다.

이러한 득성으로 급수구역이 고지와 저지로 나누어져 있었고 이러다 보니 각 가정에서 수돗물을 공급받기 위해 급수공사를 신청하게 되면 고지대 주민들은 수압이 좋아 상시급수가 가능한 저지대 배수관에서 수돗물 공급받기를 희망했다고 한다.

그러다 보니 저지대의 배수관은 급수관을 연결하기 위해, 무분별한 천공이 되어 있었고 시간이 지나면서 누수를 촉진 시키는 원인이 되기도 했다.

좁은 골목길에는 각 가정으로 들어가는 여러 가닥의 급수관이 얽히고 설킨 형태가 되었다고 한다.

한창 마산수출자유지역과 한일합섬이 활성화되어 급격한 인구 유입으로 단독주택 등에 늘어난 거주인구로 물 사용량은 늘어났고 불합리한 수돗물 공급 라인은 계속 증가하는 악순환이 되었다.

기간이 경과 하면서 이렇게 설치된 수도관이 노후화되어 누수 원인이 되었고, 당시의 수도관 재질이 지금보다 내구성이 떨어져 교체 주기가 짧아진 점도 있지만, 전면 교체를 하지 않고는 근본적인 해결책이 되지 않았다.

시내 전역에 주택가 도로는 물론 골목까지 파헤치는 공사로 이중 삼중의 민원에 시달리기도 했다. 배수관은 신형 주철관 또는 피복 강관 등이 사용되었고, 무분별하게 천공되었던 배수관에는 골목길에 수용되는 세대수의 물 사용량을 산정하여 관 크기를 결정하고 통합 분기관을 설치하여 천공을 최소화하여 누수의 요인을 줄여나갔다.

부분적인 누수에도 큰 구역이 단수되는 불편을 없애기 위해 소 블록으로 구획하여 통제할 수 있게 했다. 이렇게 설치한 시설도 시간이 지나면서 노후관으로 분류되어 반복적인 교체 작업을 계속하고 있다.

마산시는 수돗물 누수량이 전국 최고라는 오명을 얻기도 했다. 누수량이 많다는 이야기는 수도재정을 어렵게 하는 직접적인 요인으로 이 문제가 짧은 기간에 해결되는 일은 아니지만, 수도업무에 종사하는 모든 직원의 최종 업무 목표였을 것이다.

　모두의 노력으로 지금은 유수율이 전국에 뒤처지지 않는 위치가 되었고, 유지관리 시스템은 어느 도시보다 잘 갖추어진 선진 수도 시설로 맑은 물을 공급하고 있음은 창원시의 또 다른 자랑거리이자, 근무하시는 직원분들의 어깨를 뿌듯하게 하는 보람일 것이다.

상수도 복구는 전쟁이었다

하루살이 민원 중 생명력이 긴 것도 있었다.

　이런 민원 중 누수 정도가 심하고 긴급한 민원을 먼저 처리하고, 소소한 민원들은 나중에 처리하기 위해 남겨진 민원이다. 늘어난 민원 건수에 비해 현장 직원들의 처리 능력에 한계도 있었다.

　그 당시 예산사정이 좋지 않아 장비를 불러 작업을 하는 것에 대해 내부적으로 부정적인 생각이었다. 현장 직원들은 그 넓은 지역을 자전거에 무거운 작업 도구와 부품을 싣고 비탈길 골목길이 많은 담당구역을 누비고 다녔다. 지금 생각해 보면 그분들의 체력이 정말 대단했던 것 같다. 하지만 늘어나는 민원 건수 중 누수 정도가 미미한 민원은 하루살이 민원으로 누적되어 가는 느낌도 있었다.

　그러던 중 20만 톤 증설공사가 마무리되어 시내 전역에 격일제가 없어지고 매일 수돗물을 공급받게 되었다. 시민들에겐 굉장히 반가운 소식이다. 다음날 쓸 물을 미리 여러 통에 비축해야 하는 불편이 사라지고 언제

라도 수도꼭지를 틀면 시원하고 종전보다 더 깨끗한 물을 아무런 불편 없
이 사용할 수 있었기 때문이다.

하지만 우리 부서는 종일 비상이 걸렸다. 하루살이 민원들이 수면 위로
올라왔고 상시급수로 노후 수도관은 수압이 높아지면서, 하루살이 민원은
상시 민원으로 발전되었으며, 수도관 파손으로 누수 민원은 계속 늘어났다.

부모님들께서 농사를 짓고 계셔서 주말에 가끔 농번기에는 일손을 도
와드렸는데. 이때는 밤과 낮이 없었고 주말인지 평일인지 구분이 없어 일
손을 도와드리는 것은 생각하지도 못했다.

오동동 교방천 부근 수도관에서 누수가 되어 도로 일부가 침하 되었다
는 민원이 접수되어 확인한 결과 300㎜ 배수관이었다. 현장 직원에게 급
수 통제를 전달했다.

당시는 지금처럼 핸드폰이 없어 삐삐(무선호출기)로 알리면 인근 공중
전화에서 다시 연락하는 구조였다. 삐삐(무선호출기) 연락을 받은 직원이
또 작업 중이면 바로 연락이 되지 않는 경우가 많이 있었다.

멀리 있는 다른 팀에게 연락하여 확인을 부탁하거나 사무실 직원이 직
접 출장해서 전달하는 경우가 있었고, 다른 팀에서 확인하는 경우는 간혹
서로 얼굴을 붉힐 때도 있었다.

이렇게 급수 통제를 하고 안전조치를 해서 작업을 하지만 작업시간이
길어지는 경우가 다반사였고 그날도 마찬가지였다.

부분적으로 급수가 중단되어 당시 과장님께서도 현장에서 함께 밤을
보내셨다. 복구작업을 하기 위해서는 수돗물 공급을 중단시킨다. 이런 경
우는 또 다른 민원으로 사무실 전화기는 불이 났다. 더운 여름철에 어떤
상황이 발생할진 상상에 맡겨본다.

수돗물이 안 나오는 민원을 처리하는 사무실에선 현장 상황을 알아야 민원인에게 정확한 이야기를 할 수 있는데, 현장에서는 복구에 전념하고 연락 수단 부재로 일일이 상황 전달이 잘되지 않았다. 사무실은 답답한 심정에 현장으로 뛰쳐나와 확인해서 사무실 민원을 대처하기도 했다.

작업은 늦어져 밤샘 작업이 되었고 보관하고 있던 부속품을 가지고 복구를 하지만, 마산시 상수도는 역사적으로 일제강점기에 운영이 되었던 시설들이 다수 있었다.

그 당시의 수도관과 지금 생산되는 수도관의 규격과 재질이 달라 복구하는 방법을 다르게 해야 하는 경우가 많았다.

이런 경우 현장 상황에 맞게 직접 가공해야 했고, 마산시 내에 철공소는 아니지만, 수작업으로 하시는 한 분과 기계로 가공하시는 몇 분이 계셨다.

아무리 한밤중이라도 가공이 가능한 집을 찾아 문을 두드리면 눈을 비비고 나오신 사장님들은 하나 같이 늦은 시간이지만, 귀찮아하지 않으시고 절삭기계를 돌렸고, 또는 용접과 망치질로 현장에 맞게 가공해 주셨다.

시민들의 편안함이 직원들에게는 업무 과중으로 돌아왔지만, 이런 분들의 도움으로 긴급한 민원들을 하나하나 해결할 수 있었다.

안정적인 수돗물 공급의 주춧돌 놓기

통합된 창원시 상수도 시설 규모를 전국의 10개 광역단체와 비교해 보았다. 급수인구, 상수도 보급률, 재정, 정수시설, 배수지를 비교 항목으로 잡았다. 단연코 모든 면에서 서울시가 으뜸이었고 다음이 부산시였다.

상수도 시설의 규모는 급수인구와 밀접한 관계가 있고 시설 규모에 따라 상수도 보급률을 나타냈고, 비상사태 시 안정적인 물 공급은 배수지의 저류 시간으로 확인되었다.

창원시 급수인구는 1,470,000명, 95.5%의 상수도 보급률은 아홉 번째, 정수시설 규모는 하루 5십 5만 톤으로 일곱 번째로 나타났으며, 유효율과 재정은 여섯 번째로 양호했다.

하지만 비상사태에 대비한 안정적인 물 공급에서는 열 번째로 불안정한 상태로 파악되었다.

환경부에서는 비상사태에 대비한 배수지 시설의 저류 시간을 최소 12시간으로 규정하고 있었다.

이번 비교에서 광주광역시가 24시간으로 최고 높았고, 다음이 서울시로 17시간 수원이 14시간 대전이 12시간 부산시는 11시간 창원시는 6.6시간으로 나타났다.

창원시는 비상사태 발생으로 급수가 중단되면 6시간 이후에는 물 공급이 불가능한 상황이라고 이해하면 되는 수치다.

창원 마산 진해를 구분해서 체류시간을 분석한 결과 창원은 19시간 마산은 5시간 진해는 9시간으로 나타났다.

창원은 12시간 기준을 충족하였지만, 작은 블록 단위에서는 부족한 구역들이 있었다. 진해는 다소 부족했지만 심각하지는 않았고 마산은 기준의 반 정도가 부족한 상황으로 비상사태가 발생하면 급수 중단에 대한 민원에 취약함이 그대로 나타났다.

아무리 좋은 물을 풍부하게 공급하는 시설이라도 비상사태에 대응하지 못하면 그 시설의 효용을 말하기 어려운 상황이다.

이렇게 나타난 문제점에 대한 대책을 세워야 했다.

『창원시 지방상수도 공급 시설 확충계획』을 수립하게 되었다.

계획의 내용은 의창 성산권역에는 장기적으로 봉림 외 3개 배수지와 안민 가압장 추가 신설이었고, 마산은 단일공급원으로 긴급사고 발생하면 배수지에만 의존함으로 배수지의 신·증설과 하나의 관로로 송수와 배수를 같이 함으로 배수지 기능을 하지 못하는 자산 배수지 공급 방법개선이 필요하여 회원가압장에서 자산 배수지 송수관로 5.9km 신설계획을 담았다.

진해지역은 용원을 포함한 동부지역에 3개의 배수지 신설을 계획했다.

총사업비는 960억 원이었다. 1단계 사업으로 회성배수지 2만 톤 증설, 자산 배수지 1만 톤 증설, 웅동 배수지 4천 톤 신설, 자산 배수지 송수관로

5.9km 개선 4개 사업을 확정하여 2011년 기본 및 실시설계비를 반영하는 계획으로 2010년 9월에 최종 결재를 받아 확정했다.

이후 국비 지원을 협의하기 위해 환경부에 여러 차례 방문하여 통합시의 인센티브 사업 지원을 요청했지만, 반영이 순조롭지 않았다.

이후 자리를 옮겼지만, 계획된 사업은 실행되어 졌고, 지금은 마산권역의 안정적인 수돗물 공급에 기여하고 있어 계획에 보람을 느낀다.

통합은 되었지만, 잉여시설 활용은 어려웠다.

2010.7.1.일은 창원, 마산, 진해가 통합된 역사적 시간의 의미가 있는 날이다.

통합의 의미를 두고 지역 정가와 관심이 많은 시민과 단체에서 찬·반에 대한 논쟁으로 언론은 물론 사랑방 모임에서까지 온 창원을 달구는 상황이 계속되었다.

통합으로 시의 조직도 천지개벽이 되었다. 나는 상수도사업소 마산 급수과 시설계장을 맡았다. 업무의 범위는 마산지역의 기존업무와 총괄업무를 맡았고, 창원 급수과 진해 급수과도 기존과 같았다.

사무실은 마산시 의회 건물 1층에 있었고 직원들도 큰 변화는 없었다.

마산시 시절에 같이 근무했거나, 또는 동료로서 일면식이 많은 직원이었다. 수도업무를 경험한 적이 있어 생소하지는 않았다.

통합으로 수돗물 생산 정수시설이 과잉이라며 언론과 의회 일부 단체에서는 문제점으로 계속 지적했다.

창원은 낙동강 강변여과수를 취수 원수로 하는 북면·대산정수장을 일

8만 톤에서 14만 톤으로 증설을 추진하고 있었고, 또한 진해는 성주수원지 물과 낙동강 원수를 공급받아, 일 7만 톤을 생산하는 석동 정수장을 동부지역의 개발 수요에 따른 부족한 수돗물 공급을 위해 일 10만 톤으로 증설공사가 진행되고 있었다.

마산은 기존 창원시 일부와 함안군 일부에 공급하는 칠서정수장에서 일 40만 톤을 생산하는 광역 상수도 규모의 시설이 운영되고 있어, 수치상으로 당시 이용률을 보면 칠서정수장이 57%인 23만 톤, 북면·대산정수장이 91%인 7만 3천 톤, 석동정수장이 77%인 2만 3천 톤을 공급하고 있었다.

북면·대산 정수장 석동 정수장은 여유가 없지만, 칠서정수장 43%에 17만 톤의 수치상 여유가 있어, 여유분 시설의 가동률을 높이면, 각 지역에 많은 예산을 수반하여 진행되고 있는 정수장 증설이 불필요하다는 논리였다.

단순 이용률 수치로 보면 설득력이 있어 보였지만, 가동률과 이용률의 이해 차이에서 발생한 주장이었다.

환경부에서는 긴급비상사태로 인하여 정비에 필요한 예비율 확보를 위해 평상시 시설 가동률을 시설 규모의 75%로 권고를 하고 있었기 때문에 평상시 칠서정수장의 최대 가동률로 일 최대 30만 톤으로 생산할 수 있었다. 그 당시 하루에 23만 톤을 생산하고 있었기 때문에 7만 톤을 추가 생산할 수 있는 여유가 있었다.

하지만 북면·대산정수장은 8만 톤 규모에 7만 3천 톤 생산, 석동 정수장은 7만 톤 규모에 5만 7천 톤을 생산하고 있어 여유가 있어 보이지만, 환경부 권고 사항인 75%를 적용한 가동률은 각각 130%, 101%로 포화상태였다.

당시의 공급체계로는 지역 간 연계가 되어있지 않아 안정적인 수돗물을 공급하기가 어려웠고, 두 곳 모두 현재 진행으로 많은 예산이 이미 투입된 상황에서 공사를 중단할 수가 없는 상황이었다. 칠서정수장의 이용률을 최대한 끌어올려 추가 생산한 물을 이용하기 위해서는 별도의 공급체계를 만들어야 했다.

이러한 절차 이행에 많은 시간이 필요했기에 기존 정책을 유지하면서 3개 권역의 급수 공급체계를 정비하기로 했었다. 현재는 3개의 정수장에서 각 지역에 수돗물을 공급하고 있지만, 대산·북면 정수장의 강변여과수는 공급하는 과정에 많은 난제가 있었고, 해결과제로 남아 있는 상태이다.

정수장과 인연

2007년 7월 칠서정수장과 인연이 되었다.

칠서정수장은 마산과 창원 80만 시민에게 수돗물을 공급하는 시설이다. 마산시에서 관리하는 시설이지만, 함안군 칠서면 낙동강에서 조금 떨어진 함안 칠서공단 인근에 있었다.

시내에서 약 40분 정도 거리였고, 직원들은 셔틀버스와 자기 차량으로 출·퇴근을 했다.

건설 당시 칠서정수장은 국가 보안 시설로 지정되어 청경이 24시간 총기를 소지하고, 근무하던 초소와 이중철조망이 눈에 들어왔고, 200여 명의 직원이 근무했음을 보여주는 연립주택의 사택이 당시 분위기를 이야기하는 듯했다.

사용하지 않는 빈 건물이었지만, 건물의 형태로 보아 상당히 잘 갖추어진 빌라였다. 주변 어린이 놀이터의 미끄럼틀과 그네, 시소에 뛰어놀던 아이들의 모습이 잠깐 그려진다.

마산시에서 근무하는 동안 정수장을 방문한 기억이 한 번 있다.

당시 마산 창원지역 물 공급 부족을 해결하기 위해서 한참 증설공사를 하고 있었다. 수돗물을 생산하는 과정을 직접 경험해 보진 않았지만, 개념은 알고 있었다. 시설의 규모가 대단했다. 전국 지방상수도 규모로 최대였다.

원수는 인근에 있는 낙동강 물을 직접 취수하여 사용하였고, 취수장에서 취수한 원수는 침사지, 혼화지, 침전지, 급속여과지, 활성탄여과지 고도 정수처리 과정인 오존처리를 거쳐 정류지 최종 염소처리 과정을 마치고, 1,350㎜ 투 라인을 통해 예곡 가압장으로, 가압장에서 받은 압력으로 가장 높은 위치에 있는 송정터널을 넘어 회성배수지에 유입된다.

이 물은 자연 유하식으로 창원지역과 마산지역에 분배되어 고지대는 다시 중간 가압과 배수지를 통해 각 가정으로 공급되는 시스템이다.

내가 담당하는 업무는 정수장에 있는 각종 구조물에 대한 안전진단, 시설 유지관리 개선, 정수 공정에 여과지의 여과 모래 교체 등의 업무였다. 정수장의 첫 번째 놀라웠던 것은 낙동강 원수의 색깔이었다.

단순하게 눈으로 보는 것과 과학적 방법으로 수질검사를 해서 판단한 물과는 분명한 수질 차이가 있겠지만, 어떻게 저런 물을 먹을 수 있게 만드는지에 대한 궁금증이다.

원수를 취수하지 못할 정도의 수질은 아니기에 사용하겠지만, 정말 놀라웠다.

갈수기에는 수질 문제도 있지만, 취수량이 부족해 저 넓은 낙동강 본류의 바닥에 중장비가 들어가 취수 가능한 수위를 확보하기 위해 둑을 쌓고 고랑을 파서 취수 가능한 수위를 확보하는 어려움이 있고, 이런 작업은 연례행사였다는 이야기를 들었다. (지금은 4대강 정비로 수위의 안정으로

그 문제는 해소되었지만, 조류에 대한 논의는 계속되고 있다)

또 원수수질은 시시각각으로 변하는 특성이 있어 이러한 변화에 맞추어 적정한 비율의 약품과 체류 시간을 확보해야 수질 사고를 예방할 수 있어, 24시간 수질 감시와 공정관리를 하는 직원들이 느끼는 부담감은 이루 말할 수 없다고 한다.

이렇게 밤을 지새워 만들어진 맑은 물은 매일 아침 우리가 편안하게 부족함 없이 저렴한 가격에 공급받아 사용하고 있다.

이 과정을 직접 느끼면서, 체험과 경험은 우리가 살아가는 과정에 무엇보다 중요한 교과서인 것 같다.

정수장의 하루

칠서정수장을 시설별로 한 바퀴 점검하는데, 족히 두 시간은 걸린다.

팀별 아침 회의를 마치고 나면 모두 각자가 근무하는 공정별 근무지로 흩어져 하루 동안 같이 마주하지 못하는 직원이 대다수였다.

그러다 보니 정수장 안에서도 자전거로 이동하는 직원들이 있었다.

한번은 우리 팀에서 활성탄 여과지에 활성탄 교체공사를 하고 있어, 아침 시간에 침전지와 급속여과지를 확인하고, 활성탄 여과지 건물 문을 열고 들어갔었다.

정수장 발령을 받고 얼마 되지 않아 정수장 구조와 각종 공정에서 발생되는 상황을 자세히 알지 못한 시기였다.

문을 열고 들어서자 폭포수 떨어지는 웅장한 소리가 실내를 가득 메워 주변의 다른 소리는 잘 들리지 않았다.

건물바닥에 설치된 덮개 아래 지하로 떨어지는 물소리였다.

깊이를 알 수 없었지만, 상당한 깊이다. 이러한 덮개를 몇 개 지나 건물

중앙에 왔을 때 이상한 냄새에 목이 껄껄한 불편감이 느껴졌고, 헛기침이 나왔다. 별다른 생각 없이 건물 반대편에 있는 출구까지 지나는 과정에서 계속 불편감이 있었고, 헛기침을 계속했다.

문을 열고 밖으로 나오니 맑은 공기에 조금은 나아지는 듯했지만, 목 안의 불편함은 계속 남았다.

다음 공정을 둘러보고 사무실에 들어와 겪은 이야기를 하니, 고도정수 처리를 위해 오존을 투입하고 있는데 일부 누출된 오존이 밀폐된 건물에 잔류하고 있어, 그 영향 때문이라며, 순간적으로 위험한 상황이 발생할 수 도 있다고 이야기를 한다.

오존에 장시간 노출되면 기관지 손상이 발생할 수 있는 독성 물질이다. 이러한 오존을 이용한 고도정수처리를 하는 곳이 손에 꼽힐 정도였다. 칠 서정수장은 전국 정수장에서 선제적으로 도입한 고도정수처리를 위해 사 용되는 고가의 공정이었다.

잔류 오존을 제거하기 위해 산화시키는 시설이 설치되어 있지만, 당시 는 운영은 하고 있지 않으며 간이배출구로 활성탄 여과재를 통해 배출되 도록 하여 창문을 열어 환기를 시키고 있단다.

대기로 배출된 잔류 오존 역시 미미하지만, 오존 농도를 높이는데, 영 향을 미치진 않을까?.

정수 공정과 수돗물을 안전하게 수도관을 통해서 가정까지 공급하는 과정에서 각종 세균으로부터 오염을 예방하기 위해 투입되는 염소도 그중 하나다.

정수 공정을 거쳐 공급되는 물은 수도꼭지까지 무균의 안전한 물을 공 급할 수 있도록 도와주기도 하지만, 보관과 사용과정에서 누출 또는 우리

신체에 접촉되면 무서운 독성 물질이 된다.

　이 밖에 대형 기계 특고압의 전기 장치와 수심과 유속이 있는 시설이 많아 정수장에서는 항상 주의 깊은 행동과 사전점검이 무엇보다 필요했다.

　최근 사업장에서 일어난 사고들로 사회적 관심이 커지고 대책 일환으로 중대 재해 특별법 제정에 대해 언론에 이슈가 많이 되고 있다.

　많은 직원이 근무하고 있는 시설로서 사전 예방대책에 정책적 관심과 적정예산이 요구되는 시설이다.

어느 학생들의 한여름 열정

시설 규모가 커서인지 여기저기 눈 가는 곳이 많았다.

눈에 잘 띄지 않는 뒷벽은 덕지덕지 누더기가 되어 있는 누수의 흔적과 검게 퇴색된 정문 입구의 콘크리트 벽은 산뜻해야 하는 정수장 이미지와는 거리가 멀었다. 예산사정으로 우선 급한 부분과 눈에 보이는 곳만 정비한 결과인 것 같았다.

이곳은 마산과 창원의 80만 시민이 먹는 식수를 만드는 곳으로 어느 곳보다 환경적으로 쾌적하고 깨끗한 시설의 유지와 이미지가 중요한 시설이다.

물 생산과 공급에 일차적인 문제가 없어야 하지만, 이는 기본적인 사항이고, 깨끗한 환경에서 깨끗한 물 생산이 최고의 목표가 되어야 한다.

그 물을 생산하는 시설 역시 깨끗한 물 만큼이나 생산환경이 좋아야 한다고 판단했다.

노후화되어 가는 시설에 대한 예산 문제로 땜질식 보수로 인해 시설물

관리가 체계적이지 못 하였다. 시급한 시설을 분류해서 전체적인 보수와 환경적인 접근의 필요성이 있어, 각 시설에 설치되어 있는 시설물 안내판과 정문 입구에 퇴색된 콘크리트 옹벽을 우선 정비하기로 했다.

행정관청의 대부분 안내판이 사각형에 딱딱한 분위기가 다반사였다.

정수장에는 어린 학생들을 포함한 견학을 위한 방문객이 많이 왔었다. 여기에 착안해 정수시설과 공정 과정을 설명하는 안내판부터 기존의 틀에서 탈피한 도안을 구상하여 설치했다. 아직도 그때 설치한 안내판이 그대로 사용되고 있다.

정문 벽에는 정수장 미관 개선과 홍보를 할 수 있는 벽화를 그리기로 했다. 여러 가지 시안을 구상해서 디자인 벽화가 가능한 업체에 의뢰해 보았지만, 가격 문제로 의사를 표시하지 않았다.

고민 끝에 관내 있는 대학교 산학연에 노크했다. 하지만, 같은 반응이었다.

그중에 ㅇㅇ대학교 산학연에서 봉사하는 개념으로 하겠다는 의사를 표시해 왔다. 가뭄에 단비를 만난 느낌이었고, 담당 교수님을 만나 우리가 구상하고 있는 디자인 개념을 말씀드렸다.

교수님 생각은 달랐다.

특정시설을 표현하는 디자인은 누구나 할 수 있고, 저가의 페인트를 사용하여 짧은 기간에 얼마든지 그릴 수 있다면서, 2.3년 후는 퇴색되기 시작하여 흉물이 되어 다시 그리기를 반복한다며, 교수님께서 예산에 국한하지 않고 여름 방학에 학생들과 한편의 예술작품을 만드는 마음으로 접근할 생각이라며, 행정기관에서 구상한 디자인과 완전히 달라도 믿고 맡겨주면 수행하겠다는 이야기다.

교수님 생각은 그랬었다.

정수장이라는 디자인을 구태여 표현하지 않아도 관심이 있는 사람은 정수장 간판을 보면 당연히 알 것이고, 관심이 없는 사람은 그냥 지나쳐 간다는 것이다.

하지만 정수장하고 관련이 없는 작품을 그려 놓으면 관심 있는 사람은 더욱 자세히 볼 것이고, 관심이 없던 사람은 그 그림이 눈에 들어와 저기 가 예술촌인가? 하는 궁금증에 다시 한번 검색한다는 이야기다.

우리의 생각과 다름이 있었다.

이것이 창작하는 분들의 세계관일까? 어떤 결과가 나올진 알 수 없지 만, 생뚱맞은 디자인이 나와 웃음을 자아내도 괜찮지 않을까? 하는 생각에 ○○대학교 산학연에 맡기기로 했다.

그 뜨거운 여름 날씨에 십여 명의 학생과 함께하며 거칠고 퇴색된 면을 그라인더를 가지고 매끈한 화선지처럼 만들어, 그 위에 공정별 작업을 진 행하였다. 작업 일수를 정확하게 기억하지 못하지만, 20일 이상 한여름 더 위와 함께한 것 같다.

시내 도로변 도심 벽면에 그린 벽화와 확연한 차이가 있었다. 교수님 말처럼 도심 도로변 벽화는 3년 정도 지나면 퇴색과 탈락 현상이 일어나 지저분해져 보수 또는 다른 그림을 그려야만 했다.

더운 여름 날씨에 땀 뻘뻘 흘리며 그린 한 폭의 작품이 정수장 벽면에 전시되었고, 디자인 내용은 커다란 꽃 한 송이가 중앙에 배치되는 그림이 었다.

성수상의 이미지하고는 전혀 다른 분위기였지만, 색다른 느낌이 들었 다. 보수성향이 강한 내부 분위기가 어떨지 걱정이 되는 마음도 있었다.

그림의 퇴색을 방지하기 위해 벽면 상단에 L자형 알루미늄 형강을 접착제와 볼트로 고정하여 흙탕물이 타고 내려오지 않게 추가작업을 해서 마무리했다.

당시 교수님과 학생들이 정말 열정적으로 작업을 했다는 것을 최근에서야 알게 되었다.

2021년 어느 봄날에 창녕 남지에 있는 세비랑 길을 걷고 정수장 앞을 지나치게 되었고, 그 그림이 눈앞에 들어왔다.

14년이란 시간이 흘렀고, 직사광선과 온습도에 노출된 야외에서 아직도 그 그림이 건재해 있다는데 놀랐다.

선명도에서는 약간 떨어졌지만, 도심의 다른 벽화의 수명에 비하면 몇 배 장수한 것이다.

사람의 열정이라는 것이 이런 것이구나!

며칠 전 어느 지방지에 개재된 그 교수님의 칼럼을 본 기억이 난다.

창원시민의 염원인 국립 현대 미술관 분관 유치를 위해 활동하는 내용이다. 그러한 열정이라면 좋은 결과가 있지 않을까?

자문해 보며 그해 여름 고생한 학생들의 열정에 다시 한번 고마움과 고생했었다는 말을 전하고 싶다.

또 지금도 어느 자리에서 진심 어린 마음으로 업무를 고민하고 있을 성기 계장과의 추억이다.

하수도 업무를 처음 접하며

우리나라 도시 지명 중에 유독 중앙동이라는 명칭이 많다.

창원시 마산합포구 중앙동, 성산구 중앙동, 진해구 중앙동, 모두 같은 법정동 명칭이 존재하고 있다.

우리는 위치를 이야기할 때 항상 자기를 중심으로 표현하는 특성이 있단다. 그래서 통합 전 각각의 시청을 중심으로 하는 표현에서 같은 명칭이 생겨나지 않았나 유추해본다.

1994년 마산시 중앙동에서 근무를 했었다.

당시 동에서는 소규모 주민숙원사업과 무허가 건축 단속 소규모 건축 신고 업무를 담당했고, 동 행정 대부분이 건의 사항이 들어오면 현장 확인하여 구·시청에 전달하는 기능이고, 몸으로 부닥치는 대민 업무가 많았다.

간혹 건축과 관련한 고질적인 민원으로 이웃 간 다툼이 확대되어 담당 공무원을 물고 늘어져 힘겨워한 기억이 있다.

동 근무 몇 개월 지나는 시점에 구청 건설과 파견근무 발령이 났다. 그렇게 해서 하수도 업무를 접하게 되었는데, 당시에 낡은 콘크리트 사각 뚜껑을 개량하는 사업과 덕동 하수처리장이 준공되어 가동되면서 시내 전역에 분류식 하수관거와 가정 오수관 연결사업이 한창 진행되고 있었다.

하수처리장은 하루 20만 톤을 처리할 수 있는 규모로서 마산과 창원시의 하수를 동시에 처리하는 시설이었다.

분류식 하수관거는 각 가정에서 발생하는 생활오수만 분리해서 처리장으로 이송을 해야 하는데, 단독주택인 가정 오수관은 시 재정으로 연결하고, 다량의 배출시설인 아파트와 상업 시설은 자기 부담으로 연결했었다.

가정 오수관 연결사업도 진행은 하고 있었지만, 연결이 많이 되지 않았으며, 다량 배출시설 역시 연결되지 않고 있어, 초기 단계 오수 유입이 부족하여 하수처리장의 정상 가동이 어려운 상태였다.

문제를 해결하기 위해 우수관 끝단에 맨홀 형태의 우수토실이라는 시설을 설치하여 생활하수를 처리하였지만, 분류식 처리방식에서는 사용할 수 없는 시설로서 불명수 유입을 증대시키는 요인으로 작용했다. 이후 가정 오수관 연결률이 높아지면서 이런 시설은 점차 폐쇄하게 되었다.

각 가정의 생활하수를 근본적으로 처리하기 위해 가정 오수관 연결사업이 대대적으로 진행하기 위해 준비를 하고 있었다.

당시는 용역업체에 설계를 의뢰하지 않았고, 그 사업을 추진하기 위해 나를 포함해 두 명의 직원이 배치되었다. 그 직원은 오래전 퇴직했다. 함께 합포구 골목 전역을 누비고 다녀야 했다.

지금은 S.K 브랜드 대단위 아파트가 들어서 있지만, 당시는 주공아파트와 단독주택이 밀집해 있었던 월영동이 첫 조사지역이었다.

가정 오수관 연결사업은 기초조사가 굉장히 중요했다. 주방과 화장실

셋방에서 나오는 오수관을 정확하게 파악해야만 했고, 그 파악을 위해서 문이 잠겨 있는 집은 방문을 반복해야만 했다.

당시 기존 주택은 오수관과 우수관이 분리되어 있지 않고, 옥내에서 우수관을 통해 일반 하수도로 배출되고 있었다. 스프레이를 들고 다니며 마킹 해가면서 조사를 시작했다.

한여름에 땀을 뻘뻘 흘리면서 둘둘 말린 지적도를 들고 다니며 함께 조사했던 직원이 생각이 나는 하루다.

현장에서 체험한 안전의 중요성

1990년 초·중반에 마산시 서항·구항에서 대단위 매립사업이 마무리되어 많은 면적이 시가지가 되어 신축건물이 한창 들어서고 있었다.

지금의 해안도로는 완전 개통이 되지 않았고, 일부 구간에서 침하 안정화 작업으로 지금의 마산관광호텔 앞 2차선 도로에 임시 연결하여 통행이 이루어지고 있었다.

매립지의 특성상 잔류침하로 인한 도로는 요철과 침하가 발생하였고, 해안 도로변에 먼저 건축된 5층짜리 두 곳의 기울어진 건물은 장안의 화제가 되었다.

그렇지만 건축주는 재산상의 큰 손실을 보는 상황에서 법정 다툼이 일어났고, 결국 안정상의 문제로 건물은 모두 철거가 되었다.

이탈리아의 피사 탑을 연상케 했다. 피사탑도 이러한 현상으로 발생했다고 가정한다면, 수수께끼가 풀리는 단서가 되지 않을까?.

이후 이탈리아의 피사의 탑을 여행할 기회가 이었다.

계속 기울어지는 것을 방지하기 위한 보수 공사가 한창있었다.

지금도 기억에 남는 것은 얼마나 되는 무게인지 가늠할 수 없는 큰 철 덩어리를 기울어지는 반대편에 쌓아 놓고 작업하는 것이 인상적이었다.

어떠한 역할을 하는 것인지는 잘 모르겠지만, 서항과 구항에 발생한 잔류침하로 기우뚱 건물은 큰 이슈화 되어, 의회에서도 많은 문제점을 지적하고 있었다. 결국은 매립사업에 대한 감사원 감사가 진행되었다.

도로와 같은 시설은 육안 확인이 가능했지만, 지하에 매설된 하수관, 수도관, 하수 차집관거는 파손 여부에 대한 의문점이 있어, 구경이 작은 관은 CC-TV로 직접촬영하고 차집관거는 맨홀과 맨홀 사이를 이용하여 CC-TV를 고무보트에 설치하여 촬영하는 방법과 직접 들어가는 육안 조사 방법을 같이했다.

감사 결과 매립지에 설치된 지하 매설물에 손상된 부분이 있다는 결론으로 감사는 종료되고, 대부분 시설은 시공사에서 다시 시공하고 부분적으로 재정으로 보수하라는 것이었다.

기능하지 못하는 우수와 오수관은 폐쇄를 시키고 새로운 관을 매설했다. 다행히도 해안도로 5~10m 지하에 매설된 2,000mm ~ 2,500mm의 대구경 차집관로는 관로가 이탈되거나 구조체가 변형된 심각한 파손은 없었고, 연결부의 틈 사이가 벌어져서 불명수가 유입되는 구간이 약간 있기는 했지만, 도로를 파헤쳐야 하는 중대한 문제는 아니었다.

노면 1~2m 아래 묻혀 있는 관은 모래를 부설한 후 매설하는 공법이지만, 차집관로는 P.C 파일과 콘크리트 기초 위에 시공되었기 때문이다.

일부 구간이라도 교체가 불가피한 구간이 있었다면, 마산 장원에서 유입되는 20만 톤의 하수를 어떻게 감당할 것이며, 당시에 시내 교통체증이 심각했기 때문에 시내 주간선도로를 통제할 경우, 장기간 일어날 교통대란을 생각해 보면 아찔했다.

틈이 벌어진 조인트 보수 공사도 오수 발생량이 가장 적은 저녁 12시부터 다음 날 새벽 3시까지 5m 아래에 밀폐된 공간에서 하수가 흐르는 상태에서 작업해야 했다.

당시 하수의 수심은 무릎 아래까지 흘렀으며 관 내면의 바닥은 미끄러워 넘어지기라도 하면, 낮은 수심이지만, 일어설 수가 없는 구조였다.

자연 유하 방식이기 때문에 유속 또한 있는 상태였다.

내부에는 이름 모를 가스로 메케했다. 50m~100m 정도 간격으로 설치된 맨홀 뚜껑을 열어놓고 환기를 시키는 원시적인 방법으로 작업이 진행되었다. 방독면을 쓰고는 하수에서 올라오는 온도 차이로 발생하는 결로현상 때문에 작업이 불가한 상태였다.

작업 과정에 일어날 수도 있는 미끄럼을 방지하기 위해 여섯 명의 작업팀은 노끈으로 서로 허리를 묶었고, 작업 도구와 기자재는 고무보트에 실어 작업을 했었다.

나도 공사감독으로 그 작업을 하는 내내 현장에서 같이 시간을 보냈었다. 양덕동에 있는 제3 펌프장에서 월영동 예비처리장까지 보수작업은 그렇게 마무리하였다.

지금 생각해 보면 허술한 안전관리 상태에서 정말 아찔하다. 한 건의 사고가 없었다는 점에 정말 운이 좋았다는 말밖에 할 수 없다. 지금에 다시 해야 하는 상황이 온다면 망설여지는 것이 아니라 아예 못한다.

지금은 산업현장에 안전관리를 중요하게 인식하고 있지만, 그 당시는 안전관리 비용에 대한 집행을 불필요한 경비 정도로 인식하고 있었던 것 같다.

중대 재해 특별법이 제정되어 의무적으로 산업안전에도 많은 제도적 실행 장치들이 마련되어 그나마 다행이다. 그렇지만 현장 상황은 언제나 급변하기 때문에 시설직 직원들은 감독업무에 항상 주의해야 할 부분인 것 같다.

도시 건강을 지키는 파수꾼

우리나라는 OECD에 가입한 국가이면서 2020년 GDP 순위 10번째 경제 대국으로 선진국 반열에 올라 있고 우리의 삶의 질 또한 많이 높아졌다.

하지만 도시 성장의 중추적인 역할을 하는 산업현장에선 레일에 끼이는 사고, 건축 철거 붕괴사고와 같은 안전 문제가 언론에 많이 보도되고 있다.

제도적 정비와 더 많은 투자에 모두의 관심이 필요한 것 같다.

모두 생명과 직결된 일들이다.

이처럼 도시공간에는 여러 가지 문제들이 있지만 건강한 도시를 만드는 것은 시민 전체의 건강을 지키는 것으로 환경이 큰 비중을 차지하는 것 같다.

환경적인 측면에도 여러 가지 분야가 있지만 100만 인구의 일상생활과 산업 생산활동에서 발생하는 하수와 폐수의 처리는 정말 중요하다.

2020년 창원시 하수 발생량은 하루 약 40만 톤 정도이며 발생 하수의 회수율은 아직 100%가 되지 않고 있다. 덕동 하수처리장을 포함한 10개의 하수처리장에서 2급 수질에 가깝게 처리하여 인근 수역으로 방류를 하고 있다.

창원시에서 발생하는 하루 하수량을 우리가 먹는 2ℓ 생수병에 담으면 2억 병으로 세계보건기구(WHO)에서는 하루 물 섭취량을 1.5~2ℓ로 권장하고 있어 성인 2억 명이 마실 수 있는 양이다.

또 지름 1m 크기의 하수관에 담으면 510km 길이로 경부고속도로 길이가 416km인 점을 비교해 보면 창원시 하수 발생량을 짐작할 수 있다.

하루 발생하는 하수가 정화되지 않고, 도심 곳곳의 하수관을 통해 바다로 하천으로 흘러간다고 가정하면 어떻게 될까?.

생명체가 서식하지 못하는 개울과 하천에 오염된 물과 악취로 인한 도시의 건강 수준은 60년대 70년대의 상황이 될 것이다.

흔히들 도시 상하수도 시스템을 우리 인체와 비교하여 상수도는 동맥, 하수도는 정맥에 비유한다.

최근 사람들의 사망률 중에서 가장 높은 비율을 차지하는 것이 암이고, 다음이 혈관 계통의 순환 관련 질병이라 한다.

하지만 암은 시한부로서 자신의 앞을 예측할 수 있지만, 혈관 장애 관련한 질병은 골든 타임을 놓치면 사망 또는 심각한 후유장애로 인하여 정상적인 생활이 어렵다고 한다.

이렇게 보면 암보다 더 무서운 질병이 혈관 계통의 질환이라 할 수 있다.

상수도 시스템이 고장이 나면 불편하지만, 비상 급수 또는 생수를 사서 먹으면서 보수되는 시점까지는 버틸 수 있다. 하지만 하수 시스템은 고장이 나면 골든 타임이 적용되지 않는다.

몇 년 전 ○ ○ 하수처리장 사고를 좋은 교훈으로 삼을 필요가 있다.

장시간 소요되는 대단위 사고가 발생하여 510km에 갇힌 하수가 보수될 때까지 하천과 바다로 흘러가는 상황을 가정해 보고 싶지도 않지만, 하천이 오염되면 수돗물을 생산하는 정수장도 역시나 큰 타격이 있다.

도시의 관리 시스템이 모두 중요하지만, 하수 시스템이 정말 중요한 대목이다. 이 분야에 종사하는 직원들의 근무환경은 타 업무에 비하면 근무환경이 열악하다.

그렇지만 묵묵히 도시의 건강을 지키는 파수꾼으로 소임을 다하고 있어, 오늘도 건강한 환경에서 생활을 누릴 수 있는 것이다.

상·하수도는 전문적인 분야로 기술 인력을 관리할 필요가 있다.

토목 전산연구회 활동

공직 생활을 마무리하면서 또 하나의 추억이 생각난다.

1995년 가을쯤이지 싶다.

하수도과에 근무할 당시 선배님 한 분과 건설과에 계시는 계장님으로부터 전화 한 통을 받았다.

간단한 모임이 있는데, 참석 가능한지 묻는 전화였다.

그 당시 통화하신 두 분은 같은 토목직으로 한참 선배이기도 하고 저녁에 다른 약속이 없어 응하기로 했다. 두 분과 나를 포함해 두 명이 더 있었고 저녁 식사를 하면서 서로의 안부를 묻는 간단한 대화가 오갔다.

그날 모임의 내용은 우리 토목직 업무강도가 높고, 설계 과정에 수정 보완하는데 너무나 반복적으로 많은 시간이 소요되어 야간작업 등 스트레스를 많이 받고 있다는 이야기다.

당시에 근무한 직원들 모두 이런 고충을 겪고 있었나. 근무 시간에는 측량하고 감독 민원 확인 등으로 설계는 대부분 야간작업을 했다. 그것도 시간이 모자라 사무실 인근에 여관을 잡아 놓고 밤을 지새운 경우가 많다. 나뿐만 아니라, 또래 동료들의 일상이었다.

그러한 고충을 알기 때문에 공감이 생겨 나름 앞으로 이러한 문제 해결 방안으로, 또 현재 많은 부분에서 전산화가 이루어지고 있는 민간 분야 외부 환경의 요인에 대처하기 위해 토목 전산화 방향에 대해 진지하게 의견을 교환했다. 그렇게 동아리 형태의 **마산시 토목 전산연구회**가 생겨났고, 각자의 역할이 분장 되었다.

나는 토목설계 전산화 방안에 대한 기본적인 기획을 담당하게 되었다.

정기적인 모임을 하면서 기획안이 갖추어져 갔다. 당시 민간 토목, 건설 분야는 급속한 전산화가 이루어지고 있었지만, 행정기관의 전산화는 행정망을 통한 주민등록, 세무, 지적 분야에 데이터 처리에 대한 전산화가 전부였다.

토목설계 분야의 전산화가 된 업무는 전무했었다.

무엇보다 자체 설계하는 실무자들 입장에 큰 프로젝트 사업은 중견 또는 대형업체에서 관장했기 때문에 기술력을 보유하고 있어, 상호보완이 되었지만, 소규모 사업은 담당자가 직접 설계하면서 많은 애로사항이 있었다.

설계서를 작성할 때는 일일이 계산기를 두드려 설계서 용지에 직접 펜으로 썼고, 부본을 작성할 때는 먹지를 간지로 넣어 2부 3부를 작성했었다. 실무자는 설계서가 완료되었다는 판단에 검토를 올려 결재를 받는 과정에 몇 번의 수정 작업을 해야 했다.

숫자 하나를 수정하는 데도 많은 분량의 설계서를 쓰고 버리기를 몇 번씩 했다. 어떻게 보면 발전성 없는 쓰고 지우는 단순 작업의 반복이었다.

정확성이 필요하지만, 단순 작업 반복에 너무 많은 행정적 낭비가 있었다.

전산화가 되면 몇 번이고 되풀이하는 수정 보완의 수고를 없앨 수 있다는 것에 토목 전산화가 필요한 점을 도출시켰다. 그리고 건설, 토목업무의 우선 초기 단계에서 전산화해야 하는 업무의 성격을 분류했다.

전산화 보급은 단계별로 결정하여 1단계 공급부서를 신설되는 기술지원반으로 국한 시키고, 나머지 20개 부서로 확대하는 것으로 예산을 산정했다. 마지막 모임에서 기획안을 확정하고 최종결재권자에게 보고하여 마산시 토목부서 설계 전산화의 불씨를 지피는 계기가 되었다.

장기 고질 민원에 서광이 비치다.

도시계획과에서 보람 있는 일을 했는지 궁금하다.

도시계획과 이야기를 연결해서 진해국가산업단지 확장사업 이야기다.

진해국가산업단지는 1983년에 지정되어 소형조선소를 중형조선소로 확장하기 위해 진해구 원포동 죽곡동에 위치하고 326만㎡를 STX 조선, 오리엔탈정공, 부산지방국토관리청이 사업시행자로 지정되어 추진하는 사업이었다.

확장 구역에는 죽곡마을과 수치마을이 포함되어 있어, 이주와 관련한 고질 민원이 몇십 년 동안 일어나고 있는 통합창원시의 장기 고질 집단 민원 중 하나였다.

비상대책위와 첫 만남에서 반 협박적인 언사를 스스럼없이 했다.

첫인상에 그동안 회사와 수많은 조우와 갈등으로 그때그때 적당하게 환경적인 피해에 마을 기금 형태로 보상을 받곤 한 것 같았다.

하지만 여전히 조선소 작업 과정에 발생하는 환경적 피해 부분을 토지

보상과 연결하여 요구하는 느낌이 있었다.

또 사업시행자 입장은 재무 상태가 좋은 편이 아니다 보니 일괄적인 보상을 하기에는 여력이 부치는 상황이었다.

이주단지 조성은 국토교통부와 업무협의를 하고 있었고, 부산국토관리청에서 시행하고 있는 진입도로는 죽곡마을로 관통하는 남은 240m 구간 때문에 10년 동안 개통을 못 하고 있었다.

부산청에서는 창원시가 이 문제를 해결하지 못하면 현 상태에서 타절 정산을 하고 이후 창원시 재정으로 마무리하라는 압박을 가하고 있었다.

여러 가지가 복합적으로 꼬여 있었다.

우선 부산청의 국비 사업에 대한 사업 청산을 막아야만 했고, 이것을 막기 위해서는 죽곡마을 관통하는 부분에 국가산단과 겹쳐있는 편입 지주에 대한 보상이 해결되어야 했다.

보상이 해결되면 편입되어 철거되는 가구에 대한 이주대책이 필요했다.

하지만 계획된 이주단지는 아직 국토교통부와 협의 단계에 있어, 임시 대책이 필요했다.

지금까지 진행된 사항으로 봐서는 한 치 앞이 안개다. 죽곡마을회관에서 수십 번의 대책 회의와 간담회, 부산청 방문과 현지 업무협의, 국토교통부 협의 출장 참 바쁜 시간이었다.

결실이 보였다,

죽곡·수치마을 대책위와 사업시행자의 예산이 허용하는 범위에서 일괄 보상에서 부분 보상으로 지급하는 것과 도로에 편입되는 세대는 STX 근로자 숙소인 아파트 공실을 이주난지가 소성될 때까지 임시 거주지로 하는 것에 동의가 되었다.

장기 고질 민원에서 곰팡이 비치다.

아울러 이주단지의 조속한 추진이 될 수 있게 행정력을 집중하는 것으로 큰 틀에 합의가 되었다.

한 번도 시행해보지 않은 부분 보상이라는 아이디어로 10년 이상의 미집행 사업에 청신호가 올리는 순간이었다.

그렇게 동의한 대책위 주민들도 사업시행자와 창원시와 그동안 갈등의 골이 일부 해소되는 느낌이 들었다.

진입도로는 시의 부담 없이 그해 말 준공 개통되어 현재 진해 해양 공원에 오가는 관광도로 역할을 하고 있다.

이후 이주단지에 대한 사업 승인을 국토교통부로부터 어렵게 받아 절반의 편입 토지를 매입한 상태에서 사업시행자인 STX의 회사 사정이 좋지 않아 어렵게 되어 사업이 중단되는 안타까움이 있었다.

고질 민원, 장기 미집행 민원의 핵심 키워드는 담당자, 담당 부서가 그 속으로 들어가 실상을 정확하게 파악하는 것에서 문제 해결의 실마리를 찾고 신뢰를 회복하는 것이다.

STX 조선은 역사적으로 사라지고 K 조선으로 새 활로를 찾고 있다.

짧은 기간에 업무를 같이한 영완 계장, 상훈 계장, 해암 계장, 재준, 재영 주무관이 공직생활에 또 하나의 추억이 되어 기억에 많이 남을 것 같다.

1%의 가능성이 현실로

창원국가산업단지는 1974년 4월 산업기지개발구역으로 지정되어 한국수자원공사에서 국책사업으로 시행되었다.

현재 관리되고 있는 면적은 36.756㎢이다.

통합 전 창원시는 계획적으로 건설된 도시로 모든 기반 시설과 인프라가 갖추어진 도시로 호주의 캔버라로 표현되는 우리나라 최고의 계획도시다.

현재 창원시민들이 최상의 주거 공간에서 거주하는 주거 구역은 도시계획 당시 별개의 도시로 건설된 것은 아니고, 국가산업단지개발 계획에 산업단지로 개발된 주거 지원시설 용지이다.

지원시설 용지는 주거와 일상생활에 필요한 각종 편의시설이 입주할 수 있게 계획된 부지다.

지금은 주거 구역이 도시관리계획으로 관리되고 있지만, 종전에는 도시 전체가 산업단지개발계획으로 관리되었다.

중요한 계획변경은 구 건설부와 경상남도에 업무협의와 승인받아야 했다.

창원시와 시민들은 도시관리계획과 국가산업단지계획(관리)의 이원화된 행정절차를 해야 하는 불편함이 있었다.

창원국가산업단지의 경쟁력은 삼십여 년간 호황을 누렸다.

이로 인해 창원시는 전국 기초자치단체 중 재정자립도가 높은 부자 도시로 명성이 높았다.

시간이 지나면서 산업구조의 변화에 창원국가산업단지 역시 경쟁력과 단위 생산성에 빨간불이 켜지고 있는 것이 여러 언론과 전문가의 진단과 의견에서 표출되었다.

정부와 경상남도 창원시 한국산업단지공단에서 협업으로 창원국가산업단지에 새로운 활력을 모색하기 위해 안간힘을 쏟아 넣고 있었다.

그것은 2013년 선정된 창원국가산단 구조고도화사업이다.

구조고도화사업은 중·저위 기술의 산업구조를 고위의 기술 위주로 산업구조를 개편, 경쟁력을 확보하자는 사업으로 8,529억 원이 투입되는 사업이다.

산업구조의 새로운 개편에 많은 언론에서 연이은 보도가 되고 있었다.

하지만 노후 기반 시설에 대한 개선계획은 어디에도 찾아볼 수 없었다. 국가산업단지개발계획 업무를 담당하면서 많은 아쉬움을 가지게 되었다.

그러던 중 2016년 국토교통부로부터 준공 20년 이상 된 노후 산업단지에 대한 재생 사업 공모 계획을 접하게 되었다.

하지만 창원국가산업단지는 20년이 넘었지만 준공된 산업단지가 아니었다. 산업단지의 노후 시설과 필요한 시설에 대한 자료를 분석하여 같은 해 3월 9일 국토교통부를 방문하여 신청 가능 여부를 협의한 결과 신청은 가능하지만, 창원국가산업단지는 전국 어느 산단보다 기반 시설과 인프라가 잘 갖추어져 있고, 시설 상태가 양호한 것을 국토부 산업입지정책과에는 이미 파악하고 있어 선정되기는 어려울 것이라 했다.

하지만 가능성은 있음을 판단하고 3월 16일 노후 산단 경쟁력강화사업 공모 추진계획을 수립하여 결재받았다.

직원들은 새로운 사업을 구상하여 일거리를 만든다고 표현은 하지 않았지만, 불만일 수도 있었다.

기초 자료 준비부터 전문가 자문회의 관내 상공인 단체 기업협의회 등 의견을 들어 착실하게 몇 달을 준비해서 공모계획서가 만들어졌다.

경상남도를 거쳐 공모계획서를 제출했다.

그 이후에도 여러 차례 국토부를 왔다 갔다 하면서 추진 사항을 파악했지만, 지역 안배 노후 상태 등을 이유로 선정되기가 어렵다는 이야기였다.

그렇지만 계획서를 검토하는 1차 심사에 선정되었고 반신반의했던 마음에 자신감이 생겨났다.

전문가 최종 심사는 한국토지주택공사의 옛 본사가 있는 대전 대회의실에서 계획서 프리젠테이션과 심사위원 일대일 질의·답변으로 진행되었다. 과장께서 발표하고 질의·답변은 내가 했다.

몇 주 뒤 현장 실사를 하기 위해 전문가로 구성된 심사위원들께서 현장 방문계획이 있다는 연락이 왔다. 아~ 탄식이 나왔다.

왜냐하면, 딸아이와 처음으로 외국 여행을 가기로 약속해 출발하는 날이기 때문이다. 딸아이가 몇 달 전부터 잡은 일정에 가능하다고 동의를 했기 때문에 어떻게 해야 할지 며칠을 고민했다.

아이에게 알리고 아빠는 하루 뒤에 출발하겠다며, 먼저 출발해서 하루 일정을 소화하라 했다. 시큰둥한 딸아이에게 무슨 말을 해야 할지 몰랐다.

현장 실사 당일 심사단이 탄 버스에서 마이크를 잡고 사업계획이 되어 있는 구간을 지나면서 가이드가 되어 설명을 마치고 좋은 결과가 있기를 기대하면서 배웅으로 심사에 따른 모든 일정은 끝이 났다.

오후 비행기로 출발해서 이틀간 홀가분한 마음으로 딸아이와 여행을 잘 마무리했다.

계획된 발표 일정이 되었지만, 해를 넘겨도 결과는 발표되지 않았다.

새로운 업무에 대하여 기획에서부터 최종 발표까지 열정적으로 업무를 추진하는 과정만으로 후회 없음에 만족하고 마음을 정리했다. 그런데 국토교통부 담당자로부터 좋은 일이 있을 수도 있다는 연락이 왔다.

일말의 기대를 하면서 확인한 결과 국토교통부에서 경남도에 선정된 공문을 내려보냈다는 이야기와 다른 계통에서 경남도에서 홀딩을 하고 있었으며, 자기들의 성과로 표현하기 위해 보도 준비를 하고 있다는 정보를 듣게 되었다.

급하게 업무보고와 보도자료를 만들어 계통 보고했지만, 다음 날 아침 회의에 보고하겠다 하셔 보도자료를 돌리지는 않았다.

다음 날 지방일간지에는 창원 국가산업단지재생사업(민간포함 약 1조 원 규모의 사업)이 공모에 선정되었다는 보도(기자의 촉으로 창원시가 언급이 되어있긴 했다)가 나왔다.

아쉬움이 남는 부분이다. 당시 경남도와 창원시의 사이가 그렇게 우호적이지 못한 부분이 있었고, 이러한 점이 정책 결정 과정에 있는 분들은 경남도와 갈등의 관계를 갖지 않으려고 했던 분위기가 있었다.

이 업무를 하면서, 두 가지 크게 느낀 점이 있다.

어떤 일이든 가능성이 있다면 열정을 가지고 추진하면 좋은 성과가 있다는 것이고, 두 번째는 그렇게 어려운 일을 힘들게 성과로 만들었다면, 간부는 어떻게 하든 그 성과에 대한 가치를 지켜주는 것이 간부가 할 역할이라는 것을, 그렇게 만들어진 창원국가산업단지 노후 재생 사업선정으로 통합 시의 큰 화두가 되었지만, 정치적 행정적으로 아무도 해결하지 못했던 봉암교의 확장 문제가 일격에 해소되는 쾌저를 얻었다. 그리고 산업단지 구역에 있는 노후 교량 10여 개소에 대한 개량사업과 주차장확보 등에 필요한 사업비 900여억 원이 확보되었으며, 공장으로 사용하는 토지는 효율적인 계획을 새로이 수립할 수 있어, 민간사업의 활성화로 새로운 모습으로 재탄생할 수 있는 계기가 되었다.

현재 분야별 기본계획 수립과 일부 사업은 진행이 되고 있다. 힘겹게 이 업무를 함께한 재준 주무관 수고와 지금은 모두 퇴직을 했지만, 가능성이 희박한 사업의 추진계획에 동의해준 과장, 국장님 국토교통부의 서기관님이 같이 해준 관심으로 이루어낸 성과라 생각한다.

보람 있는 순간이었다.

제 3장

작은 일에 큰 기쁨을 얻은 하루

창원의 새로운 공간탄생을 기대하며

창원시는 다른 도시에 비해 공원녹지 공간이 정말 풍부하고 잘 정비되어 있다.

세계 어느 도시와 비교하여도 손색이 없는 자랑이다.

창원대로를 중앙에 두고 남측으로는 창원국가산업단지가 경남경제를 책임지고 있으며, 구조고도화 사업으로 기존의 제조업에 융복합 선도 기술을 접목하는 스마트 산업단지로 탈바꿈을 준비하고 있다.

북측으로 창원의 대표적 자랑인 폭 200m 8km 녹지 벨트가 자리 잡고 있어, 산업단지와 시민들이 생활하는 공간이 녹지로 분리되어 산업단지로 개발된 지역이지만, 산업단지와 도시가 공존하는 특별한 도시 형태다.

하지만 아직도 국가산업단지개발은 진행되고 있다.

특히 공원·녹지는 공공시설로서 창원시장이 사업시행자로 되어 공공개발만 가능했었다.

개발되지 않은 공원을 개발하기 위해서는 많은 시간이 필요할 뿐 아니라, 막대한 재정이 수반되어야 하는 문제가 있다.

이 문제를 검토할 당시 국가산단에 지정된 공원·녹지 면적은 6.32㎢ (공원 4.976㎢, 녹지 1.344㎢) 도시 전체 면적의 17.2%라는 면적을 차지했다. 쾌적한 공간을 제공하고는 있지만, 공원으로 개발된 면적은 3.483㎢로 55.1%밖에 되지 않았다.

이런 상황에서 도시계획시설 일몰제가 적용되는 2020년 7월까지 미개발된 공원녹지에 대한 개발계획을 수립하지 못할 경우, 공원시설에서 해제가 불가피한 상황이었다.

창원시 내 개발 용지 부족에 따라 개발이익을 노리는 개발업자 토지소유자들의 개발 욕구에 밀려드는 민원을 해결할 방법도 선별적으로 통제하는 것이 사실상 불가하다는 판단이 되었다.

하지만 시 공원 부서는 이러한 문제에 대해서 큰 관심이 없는 듯했고, 국가산단 내 녹지율을 확보하지 못하면, 명품 도시라고 가장 자랑스럽게 여기는 녹지 축이 훼손되는 상황이 될 수 있고, 미개발된 면적을 공원으로 개발하기 위해서는 검토 당시 공시지가 기준 3배로 추산을 해도 3천 5백억 원의 예산이 필요로 했다. 연간 창원시에서 공원·녹지개발에 투입되는 예산 규모로 추계해 보았을 때 2035년이 되어야만, 토지 매수가 마무리되는 계산이 나왔다.

다양한 시민들의 욕구를 해결하기 위해서는 한정된 재원을 한 분야에 집중하여 예산을 편성하기는 예산 당국에서 현실적으로 불가능할 것이다.

하지만 난개발이 예상되는 상황에서 업무를 담당하는 계장으로서 가만히 있을 수가 없었다.

도시계획시설 일몰제와 관련한 창원국가산업단지 녹지보전을 위한 문제점 대책 보고서를 만들었다.

보고서에는 일몰제 시행에 따른 난개발 문제, 2025년까지 국가산단 녹지율 13% 보전정책을 마무리하는 계획으로 정책 방향성을 담아 계통 보고를 하여 최종결재권자의 결재를 받아 연구용역을 시행했다.

이 과정에서 정책토론회 등을 거쳐 공원일몰제 이전에 시 재정으로 막대한 예산을 확보하기에는 현실적으로 어렵다고 제시한 문제점과 같은 결론에 도달하였다.

정책 대안의 기본방향을 첫째 녹지시설과 공원 조성이 마무리 단계에 있는 비교적 규모가 작은 3개 공원은 시 재정을 확보하는 방안 둘째 규모가 크고 토지가 확보되지 않은 미조성공원 5개소에 대해서는 민간 특례사업으로 검토하여 시범사업 시행 이후 확대 적용을 검토 셋째 2025년까지 국가산업단지 녹지(공원·녹지) 보전대책을 마무리하는 것으로 최종 결정하였다.

그렇게 결정된 사업에 대해 실행 단계에서 각계각층의 다양한 의견으로 논쟁이 되기도 했지만, 현재 대상공원과 사회공원은 민간사업자가 지정되어 특화된 공원으로 사업계획이 수립되어 사업이 진행되고 있다.

정책으로 최종 결정된 것이 2016년 3월경으로 도시계획시설 일몰제가 2020년 7월에 시행되는 시점으로 보면 5년 정도 앞선 정책을 구상했다는 것에 자부심이 생긴다.

그 당시 이러한 정책 방향을 결정하지 못했다면 또 다른 대안들이 나왔겠지만, 결국은 사유지를 매입해야 하는 막대한 재원 확보 문제에 직면하게 되어 결국 여러 분야에 혜택이 돌아가야 할 재원이 한 지역(창원) 한 분야에 집중될 가능성이 있었다. 그랬다면 녹지가 부족한 마산과 개발 수요가 있는 진해에 형평성 문제로 또 다른 지역 갈등을 유발할 수 있는 중차대한 사항이기 때문에 재정으로 결정하기는 쉽지 않은 상황으로 특별한 대안이 없다고 판단했다.

작은 생각에서 출발했지만, 거대한 사업이 되어 현재 진행되고 있다.

이 사업에는 직접 참여는 안 하고 있지만, 정책 아이디어를 만든 자신의 관점에서 어떠한 공간으로 탄생할지 많이 궁금해지고, 시민들이 즐길 수 있는 명품 공간이 될 것에 믿어 의심치 않는다.

그동안 창원시는 지정된 녹지 비율이 높다는 환경만을 가지고 창원을 자랑했지만, 사실 50%는 개인 사유지의 공간을 공유한 것이었다.

이러한 공간이 명품으로 재탄생하여 창원시와 시민이 주인이 되는 공원으로 재탄생하여 새로운 자랑거리가 되었으면 하는 바람이다.

도시 발전의 의미

도시의 발전 의미는 여러 분야가 있다.

어느 하나가 그 도시의 발전을 좌우하지는 못한다.

60년 70년대 빈곤의 악순환 속에서 먹고 사는 문제를 해결하기 위해 가장 필요했던 정책이 경제성장이었다.

우리나라 대다수 도시는 6.25 전쟁으로 폐허가 되어, 전후 복구사업이 시행되었고, 몰려든 피난민들로 무분별하게 형성된 판자촌(마산의 회원동 대내동에 한동안 존치해 있다 지금은 신 주거단지가 되었지만)과 가내 수공에서 출발한 산업들은 경제성장 5개년 계획에 따라 경공업이 중공업 등으로 발전하면서 도시화가 빠르게 진행이 되었다.

생산 노동자들은 농촌에서 도시로 집중되어 밀려드는 사람으로 부족한 주거시설은 기존 도심에 기반 시설이 정비되지 않은 상태에서 가용지에 개별적 건축행위 또는 무단 증·개축으로 쾌적한 도시공간은 생각할 여력 없이 열악한 주거시설이 탄생하였다. 이러한 문제를 해결하기 위해 도시계획으로 부족한 기반 시설을 확충하기 위해 건물을 허물고 도로를 확장과 주거환경이 열악한 지역은 택지개발사업을 시행하여 바둑판처럼 사각형의 모양으로 구획하였다.

하지만 도시는 급격한 경제성장을 예측하지 못한 도시계획이 되었다.

지금 우리나라의 경제는 세계에 유례가 없는 급성장으로 2020년 GDP 기준 세계 10위의 경제 대국이 되었다.

우리나라는 1903년 고종 즉위 40주년을 기념하여 들어온 포드 A형이 1호 자동차라고 한다. 민간인으로 최초 소유한 사람은 1915년 '의암 손병희 선생'이고 이후 1928년 서울에 최초 버스가 도입되고 1970년에 자동차 대중화 접어들어, 70년 말 자동차 보유 대수는 12만 9천여 대에서 2021년 말 2천 491만대로 50년 동안 195배 증가한 것을 자료에서 알 수 있다. 이러한 영향으로 그 당시에 주차는 크게 문제가 되지 않았지만, 지금은 도시 문제 중 주차 문제는 아주 심각하고 특히 구 도심지에서는 주차 전쟁이란 말까지 나왔다.

그 당시에 6~8m로 계획된 주거지역의 도로는 주차장이 되어 양방 통행이 불가하여 이웃과 주차 전쟁이 발생하고 도심의 교통혼잡은 물론 주거의 질을 떨어뜨리는 요인이 되었다.

이런 문제를 해결하기 위해 요소요소에 주차장을 건설하였으나, 늘어나는 주차대수를 수용하기는 역부족이었다.

지금은 초창기 개발된 주거단지를 재정비하는 사업들이 한창 이루어지고 있으며, 지금의 변화에 맞게 구획하고 또는 대형 아파트 단지로 개발하여 노심 환성을 개선하려는 노력과 노심 재생 사업을 통한 상호보완을 찾아가는 것 같다.

도시는 항상 역동성 지니고 있다. 논란의 대상이 되기도 하지만 어느 도시나 대규모 개발 사업은 진행되고 있으며, 창원시도 대규모 사업을 진행하고 있다.

그 대표적인 사업이 해양 신도시 개발사업이다.

몇 번의 사업계획을 수정하여 진행하고 있지만, 아직도 미완의 사업이고 논쟁의 정점에 있다. 이러한 사업의 완성도를 높이고자 해양 신도시에 국립현대미술관 창원분관 유치를 위한 활동을 지역사회에서는 꾸준히 해오고 있다.

25만 728명의 시민이 서명서에 동의하여, 오늘 문화체육부에 제출했다는 보도가 실렸다. 옛 마산을 흔히 예향의 도시라고 말한다. 친일의 논란이 있지만, 많은 문화 예술인들을 배출한 감성의 도시다.

아직 내세울 만한 문화공간 하나 없는 도시에 계획하고 있는 멋진 문화공간이 유치되어 마음이 풍요로운 도시로 발전하는 계기가 되었으면 좋겠다.

확장 구역에 미래를 그려 봄

언론에 연일 화두가 되는 E.S.G 경영이라는 단어를 자주 접한다.

자세히 알고 싶었다. 그래서 검색해보았다.

기업은 생산과 경영을 통해서 이윤을 창출하는 구조로 지금까지 소비자들의 욕구를 충족시켜주는 좋은 제품과 높은 가성비에 소비 욕구를 유발하게 하는 마케팅 광고로 최고의 매출을 올려 최고 이윤을 창조하는 것이 기업이 추구하는 최고의 목표였다면, 지금은 이러한 기업의 이윤에 직접적으로 직결되지 않는 기업의 비재무적 성과 즉 환경(ENVIRONMENT), 사회(SOCIAL), 지배구조(GOVERNANCE)를 염두에 둔 경영을 말하고 있다.

기업이 추구하는 궁극적인 목적은 이윤이지만, 그 이윤을 추구하는 과정에서 환경적인 측면의 기여, 사회적 측면의 기여를 포함한 기업의 경영 방식을 말하고 지금 가장 핫한 이야기가 지구의 기후변화에 대응하기 위한 탄소배출 제로화 등 환경 분야 기여가 많이 대두되고 있다.

EU에서는 2030년부터 화석연료를 사용하는 내연기관의 자동차는 생산을 중단하고 운행을 제한하는 정책들을 펴고 있다.

우리나라도 급변하는 저탄소 정책에 대응하기 위해 전기차 수소차 등 친환경 자동차의 생산을 늘리는 정책을 적극적으로 추진하고 있어, 창원시도 수소 산업을 미래 성장산업으로 육성하고 있다.

우리나라는 생산제품을 수출하기 위해서는 수입국들의 환경변화에 능동적인 접근을 하지 않을 수가 없다.

국내 완성차회사들은 친환경 자동차에 집중하는 분위기이고, 대기업군들은 환경기업으로의 이미지 변신에 노력하는 모양새다.

연료전지 업체들은 이러한 추세를 일찍 감지했는지, 기술개발과 함께 전기자동차 선진국이라 할 수 있는 EU 미국 등지에 대규모 투자를 10년 전부터 하고 있단 소식을 언론에서 많이 듣는다.

K 밧데리란 신조어가 생겨날 정도다.

세계적인 생산을 선점한 우리 기업들은 글로벌 완성 자동차회사와 합작 생산 또는 독점적인 납품을 한다는 소식이다.

지방자치단체에서 국가산업단지를 확장하기 위해 직접 계획을 입안하여 추진하는 경우는 이례적이었다.

대도시 특례사무로 경상남도에서 창원시로 위임된 이후 국가산업단지 업무를 좀 더 발전적인 방향을 찾고자 고민했었다.

이런 과정에서 2016년 국가산업단지 추가확장사업 계획을 수립하여 정책으로 반영하고 싶었다.

남측 끝자락 남지공원, 상복공원, 청솔아파트 주변 3개 구역에 1개의 연구단지와 2개의 산업시설 입지 계획을 수립하여 국토교통부를 줄기차게 방문하여 2년만인 2018년 5월 개발계획을 확정받았었다.

개발계획이 승인되고 시는 한국산업단지공단과 공동으로 사업을 추진하고 있었다. 이후 이러한 과정에서 또 이 업무를 접하게 되었다.

사업은 순조롭게 진행이 되는 듯하였으나, 한국산업단지공단과 업무협의 과정에 여러 가지 파생되는 사항에 대해 예산 조율과 업무협의가 원활하게 되지 않아 결국 사업이 파행국면으로 가는 과정을 겪어야만 했다.

약 1년간 지체된 사업을 정상 궤도에 올리기까지 그 과정은 우리가 평소 가진 사고를 초월해야만 했다. 기존 인원으로 새로운 팀 구성부터 타기관에서 하던 업무의 인수인계 후 연속성 유지, 지체된 사업 기간 (사업구역 내 수소 관련 국비 공모 사업이 선정되어, 부지제공 시기 확정) 회복 등 중압감에 힘든 시간이었지만, 지금은 정상적인 사업으로 한창 공사가 진행 중이다.

이곳에 창원시는 수소 특별시를 기치로 다양한 수소 정책 (미래 모빌리티 메카 건설)을 미래 먹거리 사업으로 실현하기 위한 공간으로 준비하고 있다.

수소 산업의 인프라 확충을 위해 두산중공업을 비롯한 한국 자동차부품연구원을 유치하여 수소 연구의 중심 메카로 기반을 다지고 있다.

미래산업의 준비는 선제적으로 해야 하고, 그 성과는 단기에 나타나지 않지만, 창원시민들의 미래 먹거리임에 확신과 믿음을 가진다.

이러한 기반을 만드는 국가산업단지 확장사업 추진을 기획에서부터 실현하는 단계까지 주체로서 자부심이 더해지며, 함께 고생한 직원들이 기억에 많이 남을 것 같다.

확장구역에 미래를 그려 봄 /

계획 : 영완, 상훈 계장, 재준 주무관,

실행 : 종열, 희종, 현민 계장, 수광, 정진, 화정, 재영, 혁호 주무관,

진행 중인 일에 대한 바람

연일 폭음이 계속되는 날씨에 오늘도 전국적으로 폭염주의보 폭염경보 간혹 지역에 따라 한때 소나기가 내린다는 보도가 흘러나온다.

이럴 땐 소나기라도 한줄기 와주었으면 하는 간절함이 있다.

업무로 회계사와의 미팅이 있어 담당 직원과 함께 오전부터 출장에 나섰다. 지금 11시가 조금 넘지 않은 시간이다.

창원대로는 열기로 아지랑이가 피어오르고 멀리 보이는 살수차에선 도심의 열섬 현상을 예방하기 위해 연신 물을 내뿜는다.

살수차가 도로에 물을 뿌리는 것은 화물차량에서 싣고가던 이물질이 도로에 흐른 경우와 장마철에 도로로 밀려온 각종 쓰레기 토사를 청소하기 위해 사용되었으나, 지금은 어느 도시에서나 목격되는 진풍경이 되어버렸다.

이것이 얼마나 큰 효과가 있는지 모르지만, 시민들이 느끼는 시각적인 면과 정서적으로 시원한 느낌을 주는 긍정적인 부분과 도로변 미세먼지 예방 효과는 있을 것 같다.

몇 년 전 구청 안전건설 과장으로 근무할 때 직접 시행한 업무이기도 하다. 그해도 유난히 더웠다.

노인들 쉼터인 경로당에 비상용품을 나누어 주고 보행자가 많은 신호 대기 교차로 보도에는 그늘막 파라솔을 설치하기 위해 대상지를 파악 긴급하게 설치했었다.

공사 현장에는 한낮에 공사를 중단하여 근로자의 열사병을 예방하기 위해 활동을 제한했던 기억이 있다.

지구의 이상기후로 인한 기온상승을 지구 환경학자들은 화석연료의 사용으로 인한 탄소 배출량의 증가를 원인으로 보고 경고의 신호를 오래전부터 보내고 있었다.

우리나라는 2012년 10월 대한민국 사상 최초로 대형 국제기구인 GCF(Green Climate Fund)로 불리는 UN 기후협회협약에 따라 세워진 녹색기후기금을 인천 송도에 유치하는 쾌거가 있었다.

녹색기후기금은 세계적으로 기후변화 위기가 이슈화되면서 선진국이 온실가스 기후변화로 극심한 가뭄, 남·북극 빙하 면적의 감소로 인한 해수면 상승, 식생 변화 등 기후변화를 심하게 겪고 있는 개발도상국에 피해를 줄이고 적응할 수 있도록 지원해주기 위한 목적으로 설립된 국제기구이다.

이명박 대통령 시절은 의욕적으로 유치를 했고, 문재인 대통령은 지역 공약사업으로 GCF 활성화를 통한 녹색환경 금융 도시를 지역 공약사업으로 내 걸은 것처럼 우리나라도 국가적으로 기후변화 정책 이슈를 선점하기 위해 많이 노력한 것 같다.

지금도 재생에너지 정책, 그린 뉴딜 등등 신재생에너지 산업에 많은 투자가 이루어지고 있다.

그중 태양광발전소는 장마철만 되면은 언론에 단골손님으로 나타난다. 입지가 불량한 급경사 산지를 깎아 산사태 붕괴사고의 주범이라는 내용이다. 제도개선이 만들어지고 있는 것으로 알고 있다.

7년 전 동유럽을 여행한 적이 있다. 그곳의 지형은 우리와는 사뭇 달랐다. 평지와 구릉지의 형태로 되어 있어 달리는 고속도로변 내내 풍력 발전기가 설치되어 있는 이색적인 진풍경에 관심이 가기도 했다.

그 시점 자료를 보면 '98년 미국의 조지워싱턴대에서 발표한 미국의 미래기술에 의하면 2010년 정도 신재생에너지 분담률 10% 충당을 예측하였고, 유럽연합 에너지 백서에서는 2010년 12%, 풍력 발전이 가장 발달한 덴마크도 2010년 10%, 2030년 50%를 제시하고 있었다.

당시 우리나라는 한국에너지 공단자료에 의하면 97년 0.82%에서 10년 계획으로 2%까지 끌어 올린다는 계획 정도였다.

그 이후 우리나라는 자치단체에도 기후변화에 대응하는 부서를 만드는 등 정책적 관심으로 기후변화에 대응하는 각종 정책을 펼쳐 2020년도 신재생에너지 생산량은 1차 에너지의 4.2%에 해당한다고 한다.

신재생에너지 차지하는 분담률이 지구온난화 예방과 탄소 배출권 절감의 척도로 삼는다면 아직도 우리나라는 갈 길이 먼 것 같다.

우리나라에서는 초기 단계의 RE100(Renewable Energy 100%) 정책을 활발하게 진행하고 있다. RE100은 재생에너지로 2050년까지 100% 충당하겠다는 다국적 기업들의 자발적인 약속으로 국제 무역에 있어 기업산, 국가 간 또 하나의 부기로, 파워 게임 도구로 등장한 것이다.

우리가 추진하고 있는 산업단지에도 이 개념을 도입하기 위한 노력을 하고 있다.

창원시의 미래 먹거리 공간이 되기를 기대하면서, 안개로 가득한 업무를 오늘도 하림 계장, 연수 현두 주무관이 발로 뛰고 있다.

작은 일에서 큰 기쁨을 얻은 행복한 하루!

우리는 크고 작은 일들을 많이 접한다.

대형 프로젝트에서 사소한 생활민원 또는 도저히 해결하기 어려운 막무가내식 민원으로 하루 동안 논쟁과 해결방안을 찾아 멀고 긴 여행을 한다.

때론 웃지도 울지도 못 하는 경우가 많다.

그래서 직원들을 보면 희극 배우라는 생각이 든다.

공무원은 어떻게 보면 가장 쉬운 방법으로 일을 할 수도 있다.

법과 규정에 명시된 사항만 집행하면 되는 것이지 억지 주장에 왜 욕 들어가면서 해결 방법을 찾고 있는지 요즘 들어온 신규 직원들은 잘 이해하지 못하는 눈치다.

그도 그럴 것이 신규 직원들은 워라~벨을 중시하고 자기의 가치관이 훼손 받는 부분에 양보하지 않는 세대다.

그리고 공시라는 신조어처럼 다른 직장에서 근무 경력이 있는 친구들 또는 몇 년의 준비 끝에 들어온 친구들로 모두 높은 경쟁을 뚫고 임용되어 내면에 강한 자존감으로 분명한 의사 표현을 하고 있다.

또 지금 세대의 친구들은 많은 시간을 직장에 쏟으며 자기를 희생하는 것이 합리적이라 생각하지 않는 세대 같다.

워라~벨을 누리기 위해 공무원에 들어왔다는 친구들이 다수다.

하지만 현실은 그렇지 못하다.

현지 발령을 받게 되면 업무적인 경험은 없지만 당장 자신의 몫을 해야만 하는 구조이기 때문이다.

난생 처음으로 민원을 상대해 민원인의 일방적인 주장과 과격한 행동, 언어의 표현에 당황하는 경우가 종종 있다.

임용 전에 가진 생각과 현실적 괴리감에서 힘들어할 때가 있다.

하지만 이러한 과정에 내부의 경험 있는 선배들의 조언을 들으며 대부분은 슬기롭게 잘 적응하여 유능한 지역사회의 정책 입안자 수행자로서 자질을 갖추어 가고 있다.

오늘은 우리 부서에서 관리하는 진북산업단지를 제2부시장님께서 방문계획이 있어 수행하게 되었다.

지난해 산업단지 입주기업의 애로사항으로 장기간 해결되지 못한 주차장 문제를 가로녹지와 보도를 함께 정비하는 계획을 수립하여 280면이라는 주차 공간을 확보해 산업물류 수송 차량의 교행이 되지 않아 생산 차질과 근로자들의 불편을 개선해준 일이 있다.

진행 과정이 결코 쉬운 일이 아니었다.

중앙부처에 아이디어를 도출하여 건의도 하였지만, 여러 부서의 의견에 대한 조율을 이끌지는 못했다.

이 민원의 핵심은 기업 애로사항을 해결하는 것이지 내부의 합의 문제는 민원인 시각에선 행정 내부의 문제일 뿐이다.

이런 문제로 민원 당사자들이 불편을 겪으면 안 된다는 점에서 우리 부서에서 적극 행정으로 추진해 보기로 했다.

직원들 역시 복합적 민원을 맡아 추가적인 새로운 업무를 진행하는 것에 선뜻 응하지는 않았지만, 적극 행정 측면에서 서로 공감대가 형성되어 추진한 결과 진북산업단지에 입주한 56개 업체의 물류 불편과 2,000여 명의 근로자의 주차 불편이 해소되어 혜택을 누린다며 몇 번에 걸쳐 협의회에서 고마움을 표현했다.

참석하신 부시장님께서도 흡족해하셨고. 작은 일에 큰 보람을 느낀 하루다.

현장과 여러 부서의 의견에 대한 대책을 만든 희권 계장, 다교 주무관의 성과다.

긍정적이고 적극적인 마인더로 앞날에 큰 발전을 기원합니다.

작은 일 판단도 큰 고민이 필요하다.

아직도 코로나 확진자 발생은 계속 늘어나고 있다.

지난 7월 27일 백신 접종 1차 대상자로 선정되어, 모더나 백신을 접종했다. 접종할 때 걱정이 약간 앞서 준비하지 않은 진통 해열제를 사기 위해 약국으로 달려가 약사가 추천하는 비상약을 준비하기도 했었다. 접종 당일 코로나 국내 확진자는 1,895명(국내 1,822 해외 73) 이다.

오늘이 2차 백신을 맞는 날이다. 하지만, 국내 백신 수급에 차질이 생겨 2, 3주 연기된다는 문자를 받았다.

1차 접종 후 시간이 지나서 맞으면 항체 생성률이 낮아진다는 이야기를 들어 1차 접종 때 걱정이 앞선 마음은 사라지고 연기되었다는 문자가 유쾌하지 못했다.

우리나라는 앞선 대응으로 초기 단계에서 K 방역의 효과를 세계언론에 홍보하기도 하고, 드라이브 스루 검사 등 창의적인 발상에 전 세계언론에 주목받았다.

오늘 확진자 수는 2,154명(국내 2,113 해외 41)으로 계속 늘어나는 추세다.

초기 K 방역으로 대응은 잘했지만, 좀처럼 신규확진자 수가 줄어들지 않고 있어, 사회적 거리 두기 단계는 현재 4단계를 유지하고 있다.

자영업을 하는 곳곳에서 불평과 불만이 표출되고 있다.

정부와 정치권에서는 긴급 지원금을 어떻게 하느냐를 놓고 설전을 한동안 했지만, 자영업자 영업 손실을 보상하는 선에서 마무리되어 추석 이후 지급한다고 했다.

얼마나 도움이 될지는 모르지만, 효과가 있으면 좋겠다.

저녁 시간 6시 이후에는 두 사람 이상 9시 이후는 모임이 불가하여 사실상 문은 열었지만, 폐업 같은 처지라며 방송에서 난리다.

사회적 거리두기 위반사항이 있는지를 지도 단속하기 위해 직원들이 편성되어 업소들을 점검하고 있다.

점검하는 과정에서 굉장히 난처한 경우가 많이 있단다.

손님을 하루 동안 한 명도 못 받고 있는데, 이것저것 준수 사항을 지키고 있는지 물어보기가 민망하지만, 어쩔 수 없이 물으면 머 하는 짓거리냐며, 버럭 소리를 지르는 분도 있고, 혀를 차는 분들도 있단다.

그분들의 심정이 오죽하면 이러겠느냐 이해를 하며 수고하시라며 나오는 경우도 종종 있다고 한다. 수도권을 출발로 자영업자 모임에서 차량 집단 시위가 전국적으로 확대되는 보도가 나온다.

코로나의 피해는 특정인과 특정 단체에만 국한되는 건 아니다.

코로나와 함께 이 현상을 맞고 있는 우리 사회 구성원 모두일 것이다.

우리나리 신종감염병 중앙상임위 오병논 위원장은 감염병의 확산을 막을 수 있는 근본적인 해결책은 백신밖에 없다며, 백신 확보의 중요성을 누차 이야기하는 인터뷰를 보았다.

우리의 초기 K 방역과 백신 확보 대책이 함께 이루어졌다면 지금의 혼란과 고통을 선제적으로 해결할 수 있지 않았을까?.

하는 아쉬움에 무엇을 판단하고 결정하는 과정이 쉽고 단순하지는 않지만, 한순간의 결정은 모든 것을 희비로 갈라놓는 경우가 종종 있다.

우리는 항상 결정해야 하는 업무가 많고 결정의 순간을 맞이한다.

작은 일의 결정에도 항상 많은 고민이 필요한 부분이다.

공무원의 공적 가치 기준

제12호 오마이스 태풍 영향으로 간밤에 직원들은 반이 비상근무를 했다. 저녁 11시 전 후해 거센 바람과 천둥 번개를 동반한 많은 비가 내렸고, 창원대로 지하차도는 밤 11시를 기해 전면 통제한다는 소식을 알린다.

지난해 태풍으로 부산에서 지하차도가 침수되어 안타까운 인명피해가 있었다.

우리도 사전 대비를 하기 위해 침수되는 물 높이를 사전에 감지하여 차단할 수 있는 디지털 시스템을 갖추라는 지시도 있었다.

아무리 좋은 시스템이라도 사전 예방만큼 안전한 대책은 없다.

집중호우로 침수가 예상되는 시간 사전에 차단하여 피해 원인을 없애기 위함이다.

그 순간 이 길을 이용하는 시민들은 불평과 불만을 할 수 있고, 각자 안전에 대한 스스로 경각심을 가지고 생활하시만, 군중심리에 타인이 선행하는 행동을 무심코 따라 한다.

선행 행동을 따라 하는 순간에 우리는 앞에서 벌어질 상황에 대해 어떤 상상도 하지 않는다.

다만, 앞에서 선행되는 움직임에 그 지점을 지나가야 할 자신의 목적만 생각하기 때문에 안전 불감증이 생기는 것이 아닐까?.

많은 사람이 모인 장소에 조그마한 일에도 군중심리가 작용하면 큰 사건으로 발전한다. 좁은 출구에 서로 나아가려다. 앞에서 넘어진 사태의 심각성을 모르고, 뒤에서 밀어 연쇄적으로 넘어져 많은 사상자가 발생한 사건들에서 우리는 교훈 삼아야 할 것 같다.

텔레비전에선 전국의 태풍 상황을 전하고 있다.

창밖에 빗줄기는 점점 굵어져 창문을 요란하게 내리친다. 직접적인 부서는 아니지만, 삼십여 년간 몸에 익어 그런지 잠이 잘 들지 안는다. 재해와 연관성이 많은 업무를 하면서 눈이 오고 비가 오고 태풍이 불면 항상 긴장감이 생긴다.

하수과 도로과 근무할 때 겨울철 눈과 여름철 태풍 집중호우 소식에 항상 귀를 세우고 지낸 시간이 많았다. 한밤중에 비가 많이 온다고 눈 온다고 태풍이 분다고 비상근무라며 나가는 아빠의 모습을 잠들어 있었지만, 인기척에 깨어 보았는지?

어느 주말에 가족 외식을 하고 재난영화를 본 적이 있다.

영화 속 주인공이 가족을 보호하기 위해 애쓰는 아빠의 모습이 클로즈업 장면과 극적인 장면들이 연출되고 결국 주인공은 가족을 무사히 구조하는 해피엔딩이었다.

아이들이 영화를 보고 나서 하는 말이 엄마 우리는 저런 상황이 되면 누가 우리 가족을 지켜줄까? 했다.

선잠에 깨서 아빠가 한밤중에 나가는 모습이 기억에 남아 있는 것 같아 마음이 짠했다.

지금도 자연 재난과 화재 등 어렵고 힘든 상황에서 구조 활동을 하다 목숨을 잃었다는 안타까운 소식을 많이 접한다. 구조 대원의 살신성인 정신은 우리 사회가 살아가는 영원함을 제공하는 소금의 존재로 남을 것이다.

하지만, 간혹 어처구니없는 개인행동으로 발생하는 일로 서로의 목숨을 바꾸었다는 생각이 드는 사고에 대해서 화가 나기도 한다.

공직을 수행하는 공무원의 생명은 중요하지 않은가? 오열하는 가족들의 모습이 방송에 나올 땐 정말 화가 올라온다.

모두의 생명은 소중한 것이다.

이럴 때는 공직 가치를 어디에 두어야 할지 모르겠다.

시대는 바뀌었지만, 변화하지 않는 사회적 가치는 있다.

소양강댐 관리업무를 담당하고 있는 1년 차 신규 직원이 결혼을 앞두고 휴가를 받아 예복을 맞추고 있는데, 댐 수문을 방류한다는 연락을 받고, 예비 신부에게 미안했지만, 예복을 대충 준비하고, 자기의 근무 시간은 아니지만, 사무실에 복귀해서 비상 상황에 대비한 근무를 함께했다는 이야기이다.

이 일로 신부에게 평생 미안한 마음을 가질 것 같다고 했다.

세대 간 격차와 시대가 많이 바뀌었지만, 이러한 공적 업무의 가치와 사명감이 우리 사회를 더 건전하게 지탱해 주는 한 힘이 아닐까 싶다.

보고는 귀찮은 존재

8월 첫 출근이다.

주말 잘 보내고 가벼운 마음으로 출근한다.

아침 출발 전 평소에 카톡과 문자를 확인해 보는 습관이 있는데, 오늘 아침은 진동으로 해놓은 핸드폰을 확인하지 않고 출근했다.

석동 터널을 통과하고 신호대기를 하면서 카톡을 확인했다.

주무 계장이 보낸 카톡이다. 며칠 전에 제출한 자료에 대한 보고 시간이 잡혔다며 9.20분에 보고해달라는 이야기다.

사무실에 연락하니, 어제 담당자가 연락받았는데 아침에 출근해서 이야기한다며 사전에 알려주지 않았단다.

카톡을 확인하지 않은 내 잘못이 크지만, 만약 중간에라도 카톡을 확인하지 않았다면 난처한 상황이 될 뻔하였다.

휴가철 영향인지, 오늘은 차량의 정체가 없지만, 만약 차량정체로 도로 한가운데에서 시간을 보내고 있는 경우라면 아찔하다.

그렇게 통화를 하고 사무실 입구에서 주무관에게 보고 자료를 받아 바로 출발하니 아직 약간의 시간적 여유가 있었고, 그렇게 관련 업무보고는 잘 마쳤다.

우리 부서에 발령받아 한 달 남짓해 경험이 부족해서 그렇다고 이해를 하며, 이런 사항은 굉장히 중요한 사항이고, 만약 시간적인 차질이 생겨 보고가 되지 않았다면, 아주 난처한 상황이 올 수 있다는 것을 설명하고 사소한 일들이라도 시간과 약속에 관련된 사항은 사전에 준비하고, 정보를 공유해서 이러한 일이 있으면 안 된다는 이야기 해주었다.

그래서 직장에는 어느 정도 긴장감이 필요한 부분이다.

월요일 아침 팔월의 첫 출근이 바쁘게 시작된 하루가 되었다. 경험이 없던 초기 시절 "공무원 생활은 보고로 시작해서 보고로 끝난다."는 이야기를 선배들께 자주 들었다.

그 당시는 잔소리 같았던 이야기에서 내 나름 보고내용을 가려낼 줄 알게 되었고, 공직생활을 하는 동안 몸에 익은 생활이 되었다.

새로운 보고는 업무 개시를 공식적으로 알리는 것이며, 마지막 보고는 완성된 성과를 알리는 것으로서 모두 자신이 하는 일의 완성도를 높여가는 과정이라 이해하게 되었다.

자유분방한 사고방식과 개성이 강한 요즘 세대들은 이러한 공직문화에 대해 꼰대 같은 행태라 치부할 수도 있을 것이나, 보고 과정을 통해 사업의 진행 상황을 공유하고 추후 계획, 예상 성과 등의 정보를 나누면서 사업추진에 따른 문제점을 사전에 진단, 치유하는 기능을 수행하고 있는 것이다.

'공무원에게 가장 중요한 것은 '보고', 보고를 잘해야 공직생활이 편하다'라는 말이 전해지는 이유이다.

임항선 이야기

마산의 역사자료에 보면 1905년 건설된 마산과 삼랑진을 연결하는 마산 포선은 현재 중부경찰서 앞 마산역과 6호 광장 주변에 구 마산역이 있었고(지금은 모두 폐지됨) 1925년 개통된 마산-진주를 연결하는 경남선에는 북 마산역(교원역)이 있었다고 기록되어 있다.

1977년경 현 마산역에 통합역사가 생기고 철도 정비사업으로 경전선이 마산역에서 중리역으로 연결되면서 도심지 내 철로는 철거가 되고, 경전 선과 마산만을 잇는 노선만이 남게 되어 마산항에 마지막까지 석탄 등을 운송하다 폐지된 철로다

철도 폐선으로 각종 폐기물 쓰레기 등으로 슬럼화되고 일부 구간은 자연스럽게 노점이 형성되어 인근 주거지역의 시장 기능을 하였다.

이 지역의 슬럼화된 부지를 구 마산시에서 철도청으로부터 무상 임대를 받아 현새의 임항선 그린웨이를 조성하여 시민들로부터 많은 사랑 받는 공간으로 탈바꿈되었다.

최근 국내에서도 서울시가 서울역 앞 고가도로를 하늘공원 도심 보행 길로 재탄생 시킨 사례가 있다.

고가도로는 어느 도시를 막론하고 도시 발전의 상징성을 나타내는 중요한 교통 시설이었다. 서울시는 1970년 준공된 서울역 고가도로의 안전 문제로 철거를 검토하였으나, 철거 대신 고가도로를 재활용하는 『서울로 7017』을 추진하여 서울역 일대 복잡한 교통으로 부족한 보행 문제를 해결하고 고립되었던 서울역 일대를 연결하여 '하늘공원 도심 보행길'로 재탄생하였다.

서울로 7017이라는 이름은 '1970년에 만들어진 고가도로가 2017년에 다시 태어나 17개의 교통길이 사람 길로 재탄생되고, 높이가 17m의 고가'라는 의미를 모두 담은 이름이라 한다.

이 길은 공원 형태로 조성되어 도심의 쉼터도 되지만, 서울을 찾는 관광객들의 방문 코스로 사랑받고 있으며, 한국관광공사에서도 추천하는 코스가 되었다.

미국 뉴욕의 하이라인도 폐지된 고가 철교, 철로 1.6km를 2009년 녹색 하늘길 공원으로 조성하였다. 뉴 스마트시티 정책으로 2006년 착공하여 2009년 만들어진 창조물로서 뉴욕의 명물로 뉴 요크들에게 최고의 사랑을 받는 공원이며, 뉴욕을 찾는 전 세계 관광객의 방문 코스로 알려져 있다

이 두 사례보다 훨씬 앞에, 도심 재생이라는 단어를 굳이 쓰지는 않았지만, 성공한 도심 재생 사업으로 얼마든지, 선진사례로 찬사받아 마땅하다. 아직 완성되지 않은 사업이다.

창원시 5개 구의 1인당 공원·녹지 면적을 살펴보면 의창구 16.69㎡, 성산구 11.22㎡, 합포구 6.16㎡, 회원구 1.787㎡, (팔용공원은 제외), 진해구

12.04㎡이다.

마산합포구와 회원구가 월등히 적음을 알 수 있다.

도심의 접근성이 가장 좋은 임항선 그린웨이를 마산의 중심 공원으로 재탄생시키는 정책이 필요한 것 같다.

주변의 뉴타운이 조성되고 있어, 독립적인 아파트 단지를 서로 연결해 단절된 도심 보행 네트워크 역할을 하는 시민들의 공감 공간, 여가 공간으로 만들어진다면, 구 마산 도심의 활력이 되지 않을까, 싶다.

사회적 사건이 주는 교훈을 멀리하면 안 된다.

1993년 2월 당시 김영삼 대통령이 취임과 함께 한창 사회적 분위기가 바뀌는 변곡점이었다.

지금도 별반 다름이 없지만, 정권이 바뀌고 새로운 정부가 들어서면 내 기억에 항상 공무원은 알 수 없는 일들로 바쁜 걸음을 하는 것 같았다.

사람들은 어떠한 사건이나 사물을 볼 때 직업의식이 자신도 모르게 나타난다고 했다.

새로운 정부 출범 후 건설 분야에서도 많은 변환점이 생기는 큰 사건들이 발생하였고, 이러한 사회 분위기 때문에 지자체에서 연관된 업무를 담당하는 관련 부서에서는 모두 긴장을 하지 않을 수가 없고 부실시공과 관련한 대책 수립에 부산을 떨고 있었다.

우리 부서에서도 크고 작은 사업들이 진행되고 있었다.

그 당시 도로과에서 담당 막내였고, 맡은 사업은 왕복 2차선 도로에 겨우 버스 두 대가 교행할 수 있는 노후 교량을 재가설하는 감독을 하고 있었다.

이 지역은 두 개의 대형 시내버스회사의 종점이 있어, 하루 내 교통량이 쉼 없이 왕래하는 구간이었다.

현장에선 상부 철근 배근을 마치고 콘크리트를 치기 위해 막바지 준비가 한창이었다.

오후 늦은 시간에 콘크리트를 치기 위해 레미콘 출하가 예약되어 있었고, 현장에서 배근 검측 요청이 있어 배근 검측을 한 결과 결속이 되어 있지 않고, 부분적으로 배근이 부족하여 보완과 검측 후 콘크리트 작업하도록 요청하고, 사무실에 들어왔었다.

퇴근 시간 즈음해 현장에서 보완 후 콘크리트 작업을 마무리했다며 현장 소장이 사무실에 들어와 보고했다.

분명 검측 후 다음 작업을 진행하라고 요청을 했는데도, 임의 판단을 하여 사후 조치를 할 수 없는 상황을 만들어 보완 사항에 대하여 인증을 할 수가 없음을 보고하고, 정식 공문을 발송하여 상부 슬라브를 모두 철거하고 재시공을 한 경우가 있었다. 시공에 참여한 관계자들 입장과 회사에서는 손실이 있었겠지만, 그냥 지나치기가 어려운 상황이었고 마음이 아픈 판단이었다.

이후 시간이 한참 지나 현장 소장하신 분을 만나게 되었고, 그분이 손실이 많이 있지 않았다며 당시 어쩔 수 없던 상황을 이해해 주었다.

이후 새 정부에서는 1994년을 부실 공사 추방 원년의 해로 선포했다. 하지만 같은 해 10월 21일 아침 출근과 통학 시간인 7시에 성수동과 압구정동을 연결하는 성수대교 붕괴사건이 일어났다. 이 사건으로 출근, 등교하는 시민 49명이 사망한 사건이다.

이 사건 다음 해인 1995년 6월 29일에는 삼풍백화점이 지은 지 6년밖에 안 되었는데, 무너져 502명이 사망하고, 937명이 다치는 사고가 있었다. 성수대교는 건설사의 부실시공과 감리의 부실 검사, 준공 이후 관리기관의 안전 검사, 관리가 미흡하여 발생한 사고로 결론이 났고, 삼풍백화점은 시공과정의 문제점과 준공 이후 건물주가 임의로 용도 변경하여 사건 전조현상이 있어, 긴급하게 안전진단을 한 결과 붕괴 우려가 있다고 결론을 내렸는데도, 매출 손실을 우려 정상영업을 강행하여 발생한 사건이라 더 어처구니없는 사건이었다. 이 사건 계기로 정부에서는 준공된 시설에 대한 안전 점검을 제도화하는 「시설물의 안전 및 유지관리에 관한 특별법」이 1995년 만들어졌다.

우리 도시의 주요 시설물들은 도시가 존재하는 그날까지 함께해야 하는 중요 시설이다.

지하 매설물을 포함한 외부에 노출된 교통 등 주요 시설물 이용에 있어, 지금 당장에 사고가 나지 않고 불편이 없어 유지관리에 대한 중요성을 망각하고, 또한 주요 정책에서도 소외되어 이 업무를 기피하는 경향이 많다.

또 표면적인 문제는 없지만, 내구연한이 경과 되면서, 중요한 기술적 정책적 판단이 필요한 부분이 많다.

하지만 많은 지방자치단체에서는 비전문가가 정책을 결정하는 자리를 차지하고 있어, 어려운 결정은 멀리하고 우선 표면적인 인기성 정책만 시행되고, 이런 과정들이 누적되어 간다면, 위 두 사건과 같은 큰 사고가 일어나지 말라는 법은 없다. 큰 대가를 치르고 얻은 사회적 교훈이 물거품이 되지 않을까?

지방자치단체에서는 반드시 짚고 넘어가야 할 주요한 대목이다.

공모사업을 추진하면서

2020년 발표한 지방자치단체 재정자립도 순위를 보면, 광역자치단체인 서울시 본청이 77.8% 기초자치단체인 경기도 화성시가 66.26%로 최상위 순위를 차지하고 있다.

창원시는 37.79% 234개 지방자치단체 중 37위로 상당한 순위를 차지하고 있다. 하지만 37위라는 순위가 무색할 정도다. 의존 재원이 62.21%에 해당하고 있기 때문이다.

전국 기초자치단체 중 재정자립도 10% 미만인 곳이 47개가 해당한다.

많은 기초단체에서는 경상경비 지출에 충당하고 나면 정책사업 또는 주민숙원사업에 투자할 여력이 많이 없어, 지방자치단체에서는 정부 공모사업에 혈안이 되어있다 해도 과언이 아니다.

정부에서는 지자체 간 경쟁을 시켜 좋은 시책과 정책을 개발해 주도적인 사업을 주진할 수 있도록 유도하고 있기 때문이다.

지방자치단체 공무원들은 대부분 업무를 추진하면서 공모사업에 한 번쯤은 접해 보았을 것 같다.

보행환경개선사업을 추진하며

2009년 마산 중앙로 한국전력공사에서 경남대학교까지 11km 보도 환경개선 시범사업에 선정되어 40억 원의 국비를 지원받아 추진했었다.

기존의 보도는 기본적인 걷는 공간 제공과 기능에 초점이 맞추어져 있었고, 안전한 걷는 공간 개념은 미미했다.

매년 시에서 예산을 확보해 불량한 지구에 대한 보도 개선사업을 추진하고 있었지만, 늘어나는 시설의 노후 물량을 해소하기에는 역부족이었다.

요철에 넘어져 다쳤다며 소송과 민원 제기 건수는 늘어만 갔다. 낡은 콘크리트 블록은 도시 미관을 저해했으며, 보도를 잠식한 각종 시설물은 관리 주체의 편의 관점으로 설치되고 있어, 보행자 안전의 개념은 제로 상태나 마찬가지로 불편이 많은 시설이었다.

시내 주간선도로 전 구간을 진행하는 사업이고 보도와 차도를 차단하기 위해 연결녹지대를 만드는 과정에서는 가게 진출·입과 물건 이동에 불편이 있다면 쌍욕을 하며 작업을 방해했다.

민원인들과 협상 과정에서 최소한의 개구부를 만들어 이해시켰다. 당시에는 도시 미관과 녹지대로 보행자의 편안한 심리상태를 만들고, 난잡한 시설물들을 종합적으로 정비했었다. 당시에는 최상의 시설로 정비했지만, 창원과 같은 폭이 넓은 보행녹지가 아닌, 겨우 넓어야 5m 정도 되는 공간에서 연출은 쉽지 않았다. 지금의 트랜드와 차이가 있을 수 있지만, 여전히 좋은 환경을 하고 있다.

시범사업을 마치고 행안부에서 사례 발표가 있었고, 다음 해 보행환경 개선사업으로 완월초등학교~경남데파트 도로 확장사업, 합포로 보도 환경개선사업이 연속적으로 선정되어 부족한 재원 확충에 조금이나마 도움이 되지 않았을까?

사례 발표하러 가는 과정에 같이 가기로 했던 직원이 모든 자료를 다 가지고 있었는데 연락이 되지 않아, 역 출발부터 땀을 뻘뻘 흘려야만 했던 에피소드가 있다. 함께한 사람 : 광남 계장, 대우 주무관,

농촌개발사업 공모사업을 추진하면서

2011년 농촌개발사업 관련 업무를 보면서 다시 공모사업과 인연이 되었다. 통합시 이전에 구 창원시에서 달달박박이라는 농촌개발사업 공모에 선정되기 위해 노력을 많이 해왔었다. 농촌 지역과 도시지역의 지원 한계점에서 공모 사업의 난맥이 있었다. 그래서 진전면 양촌권 개발사업을 염두에 두고 추진했었다.

사업계획서 수립과정에 추진위원회 구성, 선진사례 현지 견학, 주민들의 참여 의지 확인 등 준비를 착실히 했다.

사업의 주 아이템은 폐교되어 흉물로 방치되고 있는 건물을 리모델링하여, 지역 거점 센터를 만들고 이것을 기반으로 지역을 활성화 시키는 큰 설정이었다.

사업계획 발표와 심사 당일 심사위원들에게 사업의 관심도를 높이기 위해 작은 시 군에서는 시장 군수가 직접 설명하기도 했다.

지나간 이야기이지만, 당시에 소장, 과장님께서 참석하셨는데, 부시장

으로 소개하고 담당자와 내가 질의응답을 했다. 노력도 많이 했지만, 코미디 같은 우여곡절 끝에, 창원시 1호 농촌개발사업에 선정되는 쾌거였다.

다음 해 진전면, 구산면 농촌 개발사업이 선정되는 계기를 만들었고, 몇 년 전 양촌권역 거점센터 인근을 지나다, 센터사무장님과 잠깐 만나 이야기를 나눈 적이 있었다. 초기에는 어려움이 많았지만, 지금은 정착되어 잘 운영이 되고 있다는 이야기를 들었을 땐 정말 기분이 좋았다. 함께한 사람 : 기백 계장, 상석 계장.

공모 사업은 준비단계에서부터 히스토리가 필요하고, 주관부서의 확고한 주관 (철학)과 민,관,전문가의 의견이 담긴 사업계획에 대한 실현 의지가 수반되어야 한다는 것을 알았다. 그 이후 노후 창원국가산단재생사업 공모에 선정되는 즐거움도 있었다.

제 4장

딸 아이에게 받은
소중한 시간 선물

가족의 의미

주말이면 무엇을 하든지 마음의 여유가 있다.

퇴직을 하고 집에 있어도 이러한 마음일까? 궁금해진다.

간혹 선배들의 이야기를 들어 보면 시간적인 여유가 너무 좋다는 이야기를 많이 듣는다. 하지만, 그런 기분이 얼마나 오래 지속이 될까?

하는 의문을 던져보면서 저녁에 대전에 있는 아이를 데리고 오느라 아내는 늦은 시간에 도착했다. 아내는 직장 관계로 멀리 원주에 근무하게 되어 주말부부를 하고 있다. 주변에서는 3대가 덕을 쌓아야 가능하다는 말처럼 전생에 큰일을 했나? 착각해 본다.

현대의 도시 가정경제는 맞벌이 가정이 보편화 되어 가는 것 같다. 30년 전의 또래들은 지금 보다 더 보수적이고 아버지 할아버지 세대와 정도의 차이는 있지만, 가부장적인 분위기가 남아 있었었던 것 같다.

아내들이 가사와 육아 직장 집안 대소사 등 1인 5역을 했었다. 그 수고로움은 알지만, 가사와 육아를 분담해서 자기 할 일이라는 생각까지 미치지 못하고 할 일이 있다면 도와준다는 생각 범위를 넘어서지 못한 것 같다.

당시의 직장 분위기 또한 가사나 육아 문제에 대해서 유연하지 못했고 제도적 뒷받침이 되지 않아 눈치를 봐야 하는 분위기에 애들이 몸이라도 아프다는 연락을 받으면 어쩔 줄 몰라 했을 것 같아 마음이 짠한 부분이 있다. 그러한 수고들에 고마움을 표하며 아내의 오늘 수고로 또 우리 가족은 2년 만에 모두 한자리에 모여 기분 좋은 자리가 되었다.

코로나19로 그동안 보지 못했던 딸아이가 귀국해서 자가격리 재택근무를 하고 있지만, 한 공간에 있다는 것만으로도 즐거움이다.

또 작은 아이까지 왔다.

작은 아이는 자신의 미래를 위해 노력하는 모습이 보기 좋다.

그 결과로 이번에는 전액 장학금을 받았다며, 퉁명스럽게 이야기한다. 아이들과 많은 이야기를 하고 늦은 시간에 잠자리에 들었는데 아이들은 4시가 넘어 잠자리에 들었다고 했다.

여느 때와 마찬가지로 6시에 일어났다.

집사람의 수고를 덜어주기 위해 남아 있는 정리를 하고 딸아이가 아빠표 생선튀김을 자랑스럽게 이야기하고 있어 우쭐한 기분에 딸아이 먹방 리스트에 있는 한 가지를 해결해 주기 위해 어시장으로 향했다.

덩치 큰 삼치가 눈에 들었다. 삼치와 약간의 생선회를 썰어 도착하니 아직 시간적 여유가 있었다.

우쭐했던 어깨처럼 작품이 나오기를 기대하면서 작업 들어갔다. 기대와는 다르게 생선의 촉감이 좀 다르다. 방금 경매된 신선도가 좋은 것이라는 생각이 잘못된 판단을 한 것이다.

오늘은 경매가 없는 날이란다.

이미 돌이킬 수가 없다.

하지만 아빠의 수고 때문인지 아이들이 기대 이상으로 반응이 좋았다. 식구, 가족은 한 공간에서 생활하면서 같은 밥을 먹는 사람 구성원을 표현한다고 하지만, 각자 자신들을 찾아 떠나는 것이 우리 인생의 한 단면이 아닐까? 함께하는 공간도 좋지만, 아이들이 자기 자신들을 만들어 가기 위해 노력하는 모습에서 더 큰 즐거움을 느끼는 것이 아닐까?

그렇게 아침을 먹고 작은 아이와 시골로 향했다. 두 달에 한 번씩 갖다 드려야 하는 약도 있고, 오랜만에 손주 녀석 얼굴도 보여 줄 겸 해서다.

역시 좋아하시는 모습에 이보다 더한 선물은 없는 것 같다.

부모님 시절 우리나라 농촌 생활이 누구나 할 것 없이 고만고만한 살림에 자식들 키우고 가르치시느라 당신들의 인생을 송두리째 희생하시며, 고생의 삶이었다.

나이 들어 성인이 되고 나도 아이들이 이제 조금 있으면 자신들의 가정을 꾸려나갈 것이지만, 몸이 불편하신 어머님께 가끔 퉁명스럽게 투정하는 일들이 있다.

어머니이기에 가장 편안한 상태에서 무엇이든 받아 주실 거란 생각을 하기 때문이 아닐까?

거동이 자꾸만 불편해지시는 것을 보면 마음속에 화가 나기도 한다. 고생만 하시고 좋은 곳도 가보시고 좋은 것도 마음껏 드시고 하면 좋을 것인데 고생의 보람이 이것인지 당신의 삶을 제대로 한 번도 살아보지 못하시고, 아직도 자식들 손자 손녀들 걱정을 앞세우신다.

자식 사랑은 내리사랑이라는 말이 정말 맞는 것 같다.

성의껏 정성스럽게 대하고 모셔야 하는데, 부모님 사랑의 백 만분의 일도 보답해 드리지 못하는 것 같다.

고맙습니다!

사랑합니다!

아이들의 생각

여느 때와 다르게 새벽 4시 30분에 눈을 떴다.

오랜 시간 몸에 익은 습관 때문일까?

기상특보가 내린다는 어제의 기상예보 때문인지 눈을 뜨고 거실로 나와 창밖을 보니 장대비가 내리치고 바람이 거세게 몰아쳤다.

조금 있으니 창원을 비롯한 경남 지역에 호우 특보가 발효되고, 직원 4분의 1 근무 메시지가 왔다.

공무원 생활을 하면서 겨울에는 눈이 올까?

봄에는 산불이 날까? 여름은 태풍과 집중호우가 올까?

항상 마음 졸이고 주말이 되어도 자유롭게 여행이라도 가려고 하면 항상 걱정과 불안한 마음이 자리하였다.

우리 애들이 어릴 때 아빠가 시간에 관계하지 않고 많은 비가 오거나 눈이 오면 비상 근무한다며 사무실에 나가는 것이 의식으로 자리하고 있었는지, 앞에서 이야기한 것처럼 또다시 같은 이야기를 했다.

아이들과 함께 보기에 적당한 소재였고 교육적인 면에서도 좋겠다는 생각에 영화를 보게 되었다.

영화의 줄거리는 대략 지구가 어떠한 환경 때문에 수몰되는 상황이 생겼는데 이러한 정보를 미리 알고 있는 세계적인 재력가 권력가 영향력 있는 사람들만 현대판 노아의 방주에 승선할 수 있었다.

그렇지 못한 사람들은 모두 죽음에 직면해야 하는 상황에서 주인공은 가족을 데리고 그 노아의 방주에 승선하여 탈출하는 내용으로 그 속에서 진한 가족애를 느낄 수 있는 영화였다.

'엄마 우리는 누가 보호해 주지?' 예전에 아이들이 한 이야기가 새삼 떠올랐다.

어느 날 아들이 다녔던, 학원 선생님께 우리 아빠는 비가 오고 눈이 와도 밤늦게 사무실에 간다고 이야기를 했다는 말에 아빠의 이미지가 그렇게 자리하고 있는 것은 아닌지 걱정이 앞선 적도 있었다.

아빠는 공무원이라 많은 사람의 불편을 해결해 주고, 도와주는 일을 한다며 이야기한 적이 있다.

어린 마음에 그 말이 얼마나 이해가 되었는지 모르지만, 아마 이해하기는 어려웠을 것이다.

한번은 흘러가는 말로 공무원도 안정적인 직업이라며 아이들의 장래 의중을 떠본 적이 있다.

무슨 자신감인지는 모르지만, 큰아이는 관심이 없었고, 작은 아이는 부도나지 않는 일을 하겠단다.

하지만 공무원은 상위 순번에 누지 않고 있단 이야기를 했다.

부모로서 자신들이 만들어 가는 미래에 힘찬 응원을 보낼 뿐이다.

엘리베이터 이야기와 아이의 기억

인류는 왜 높은 곳을 선호하고 갈망하는 것일까?

높은 산에 오르고 건물 또한 최고 높은 기록을 경신하려고 하는지 인간은 땅에서 태어나 땅에 발을 붙이고 살아가는 동물이다.

저 산 넘어, 저 멀리 무엇이 있는지 궁금해서일까?

직립 보행과 도구를 사용하여 먹을 것을 찾기 위해 높은 곳을 올라 관망하는 원초적인 DNA가 있어서일까?

도심 건물들은 하늘 높은 줄 모르고 고층을 선호하고 있다. 개발할 수 있는 가용지의 부족과 토지소유자와 개발업자의 수지를 맞추기 위함일 수도 있다.

구약성서 창세기의 바벨탑 이야기처럼 인간의 욕망은 끝이 없고, 그 욕망을 채우려 하다 파멸의 길로 들어서는 경우를 종종 본다.

도심의 주거 공간을 대부분 아파트가 차지하고 있다. 나도 세 번 이사하면서, 처음은 5층 건물 2층에서 두 번째는 18층 건물 12층에서 지금은

38층 건물 18층에 살고 있다. 12층 아파트에 거주할 때의 이야기다.

작은 아이가 초등학교 저학년 때 혼자 엘리베이터에 갇혔던 일이 있었음을 나중에야 알았다. 땀을 뻘뻘 흘리며 집에 들어오는 경우가 종종 있었다.

도무지 이야기하지 않아 자초지종을 물으니, 그때의 일을 이야기하면서 12층 계단을 걸어서 올라왔다고 한다. 한동안 혼자서 엘리베이터를 타지 않아 트라우마가 생기지 않을까? 걱정을 많이 했었다. 하지만 잘 극복해 지금은 가끔 그때의 이야기를 하면 피식 웃는다.

높은 곳을 선호한 인간의 본심이 높이 오르기 위한 수직 이동 수단으로 엘리베이터가 발달하였다.

또 우주까지 가는 엘리베이터를 만드는 아이디어는 약 110년 전에 있었다고 한다. 미래에 실현될지 모르지만, 괴짜 같은 이야기에 일본의 한 회사에서는 2050년 목표로 실질적인 연구를 하고 있다고 한다.

맨손과 로프로 높은 산과 암벽 등반을 하던 산악인들은 클라이밍 스포츠 종목을 탄생시켰다. 2020년 도쿄 올림픽에서 우리나라의 왜소한 서채현 선수의 선전으로 친숙한 종목이 되기도 했다.

우리나라의 승강기 역사는 1910년에 조선은행 본점 내부에 설치된 승강기가 최초로 수압식과 수동식으로 운영되었고 화폐를 운송하는 목적으로 설치했다고 한다.

이후 승객용으로 설치된 승강기는 1914년 조선호텔에 설치된 승강기이다.

우리나라는 지나간 2020년이 110년의 승강기 역사를 가지는 해였고 현재 운영되고 있는 승강기는 72만대로 세계 8위란다.

국내에는 세계적인 제작회사들이 있으며 매년 3만 대에서 5만여 대를 외국으로 수출하고 있다고 한다.

매일 아침 현관문을 나서면 가장 먼저 마주하는 것이 엘리베이터다. 작은 아이의 아픈 추억이 있는 엘리베이터이지만, 수직 이동 수단으로서 우리 생활에 꼭 필요한 기계장치이다. 그렇지만 항상 고장에 대한 두려움은 있다.

만약 고장이 나서 18층의 계단을 오르내리게 된다면 아이가 땀을 흘리며 계단을 오르내린 마음을 이해할 수 있을지 모르겠다.

누구나 한가지 걱정은 있다.

이것, 저것 챙기다 보니 오전 시간이 벌써 지나 점심시간이라 사무실 밖을 나서니 후덥지근한 여름 장마 끝에 오는 불쾌 지수가 높은 날씨다.

농담 삼아 날씨가 따습다고 하자 옆에 직원이 더워 죽을 지경이란다.

이런 날 보양식이라도 챙겨 먹어야 기분 전환될 것 같아, 삼계탕으로 정했다. 삼계탕 가격이 많이 올랐다며, 일행 누군가 예전에는 기념비적인 날이 아니면 먹기가 어려웠고, 육·칠 천원 정도였다는 이야기를 한다.

지금 가격에 비하면 숫자상 낮은 가격으로 보이지만, 그동안 물가 인건비 상승 등을 따지면 적정가격인지도 모르겠다. 지금의 가격표에는 1만 8천 원과 2만 원 메뉴가 있다.

갑자기 우리 봉급 인상은 어떨까? 궁금증이 생겼다. 단순 비교를 하면 숫자상으로 봉급도 많이 오른 건 사실이다.

1990년 8급 1호봉 공무원 월급이 211 천 원이었고, 우리나라 1인당 평균소득은 6,608달러였다. 30년이 지난 2019년에 같은 직급의 월급이 1백

624천 원이고, 1인당 평균소득은 3만 1,838달러로 봉급은 7.6배, 평균소득은 5배 가까이 커졌다.

경제적인 여건과 생활 수준에 많은 발전이 있었고 근로소득 또한 많은 인상의 과정이 있었지만, 여전히 주머니 사정이 녹녹하지 않다. 카드에 의존해야 하고 마이너스 통장에 의존해야 한다.

그 이유가 많은 지출 때문일까?

물가의 상승 때문일까?

정확하게 계산해 보지 않았지만, 사회생활 전반의 유지비용이 봉급 인상보다 증가한 원인이 아닐까?

일상생활에서 가장 민감하게 느낄 수 있는 외식 품목으로 우리 국민이 즐겨 찾는 자장면 가격과 공무원 임금을 비교한 자료를 보면 1990년도 한 그릇에 약 1,073원이고 공무원 8급 1호봉을 30일 8시간으로 시급을 계산하면 879원으로 자장면 한 그릇을 사 먹기에 조금 부족한 돈이었다. 30년이 지난 2020년도 자장면 한 그릇은 5,122원이며, 같은 직급의 시급은 6,776원으로 1.3배로 조금 높아졌다.

1990년 시급으로는 자장면 1그릇을 사 먹을 수 없었지만, 30년이 지난 2020년에는 1그릇하고 3분의 1그릇을 더 먹을 여유가 생긴 것으로 볼 때 인상의 폭에 대한 차이는 있겠지만 봉급 인상이 더 높지 않았나 생각해 본다.

사회적 격차가 심각하다고 각종 언론과 정치권에서 갑론을박하고 있다. 그나마 안정적인 직장으로 분류되는 직종에 근무함을 다행이라 위안을 가져 보지만, 코로나19 여파로 많은 소상공인은 어렵게 보내고 있는 것이 남의 일 같지만 않다.

사회적 거리 두기를 완화해서 4인 모임에서 8인까지 허용한다는 보도가 있었지만, 아직 수도권의 상황도 심각하고 창원시뿐만 아니라 인근의 김해시에서 연일 20명을 웃도는 확진자가 발생하고 있다.

오랜만에 만나는 친구와 약속되어 있어 취소하기가 어려워 간단하게 저녁 먹기로 했다. 친구는 모시고 계시는 어머니께서 3번 수술하시고 상태가 좋아졌지만, 치매 증상을 보인다면 걱정이 태산이다.

누구나 연로하신 부모님이 계시는 분들의 마음은 모두 같을 것이다. 건강하게 계시다가 아프시지 않고 돌아가셨으면 하는 마음 말이다.

나도 시골에 어머님이 계신데 몇 번이나 병원 신세를 저셨지만, 예후가 좋아 집에서 생활하고 계신다. 아침에 재가요양보호사께서 식사와 간단한 청소 등 돌보미를 하시면, 점심 저녁은 그래도 손수 챙겨 드신다. 어머니 재가요양보호사 제도를 접하면서 대한민국 국민복지 수준이 정말 잘 갖추어져 있다는 것을 새롭게 알게 된 계기가 되었다.

자식들에게 조금이나마 피해가 될까 봐, 불편한 부분이 있어도 요양보호사께 아들에게 전화하지 못하게 하신단다. 자식이 부모를 생각하는 마음이 아무리 커도 부모님께서 자식을 생각하시는 마음은 헤아릴 수 없는 무한의 공간이다.

더 아프지 않고 건강하시길 바란다.

작은 행동에 큰 기쁨을 선사 받았다

주말이라 어제 그제 이야기를 같이 적어 봤다.

딸아이가 외국에 나간 지가 벌써 4년이 되었다. 매년 한 번씩 휴가를 받아 얼굴이라도 볼 수 있었지만, 코로나19로 지난해부터 얼굴을 마주하지 못했다.

15일간의 휴가 기간은 항상 짧게 느껴지고 후딱 지나가는 시간이었다.

딸아이는 1차 2차 백신 접종을 마친 기간이 꽤 지났지만, 아빠 생일날에 맞춰서 6월 29일에 귀국한다고 했다.

귀국하기 전 아빠 선물 뭐가 필요해 물어 글쎄 하면서 되물으니, 자기가 귀국하는 것이 가장 큰 선물이라 해서 한바탕 웃음을 선사 받았다.

10시간이 넘는 비행시간과 코로나19로 외국 방문객 특별수송 대책으로 집 도착에 장장 20시간이 소요된 것 같다.

우리 사무실 직원들의 외국 방문객 특별수송 전담 요원차출 근무하는 모습과 서울 출장길에 본 KTX 옆 칸에 폴리스~라인을 설치하여 접근을 막아 놓은 것을 보면서 안에 있는 사람의 심정이 어떨까?

가장 즐거워야 할 가족 방문길이 죄인 취급을 받는 마음으로 상처는 받지 않을까? 출장한 동료들과 이야기를 나눈 적이 있었다.

우리 아이가 저런 상황에서 집에까지 왔고, 또 2주간 자가격리 대상이다.

7월 1일 이후에 백신 2차 접종 확인서를 발급받아서 귀국하면, 자가격리를 하지 않아도 되는 것을 아빠 생일에 가장 큰 선물을 선사한다며, 불편도 감수하고 온 딸아이에 한없는 고마움을 느낀다.

그런데 사무실 등등으로 늦은 귀가와 토요일에는 또 다른 일정으로 같이 하지(방역 수칙상 마스크를 쓰고 2미터 이격, 대면은 가능) 못해 미안한 마음이 있었다.

일요일이다.

평소 딸아이가 귀국하면 먹어보겠다는 먹방 리스트가 있었다. 그중 하나가 생선회다.

어시장으로 나섰다. 평소 알고 있는 횟집에서 참돔회와 문어 등을 사서 문어는 숙회로 참돔 머리와 몸통뼈는 오븐에 구워 보았다.

헝가리는 내륙이라 생선회를 먹을 기회가 없고, 냉동 참치 연어밖에 접할 수 없다며, 맛있게 먹는 모습이 정말 좋았다.

누구에게 무언가를 베푸는 것은 인생에 있어서 어쩌면 가장 행복한 순간이 아닐까?

딸아이와 추억

오늘은 퇴근 시간에 별다른 약속을 잡지 않았다.

딸아이와 저녁을 같이 먹고 싶었기 때문이다.

2주간 자가격리 겸 재택근무를 마치는 날이며 귀국 2주가 되었지만, 아직 새로 이사 온 집이 처음인 아이는 밖에 나가보지 못해 출입구도 잘 모른다.

2년 만에 찾아온 집과 한국의 기분을 느껴 볼 수 있는 첫날인데 퇴근길에 전화가 왔다.

머리 염색을 하고 교보빌딩에 있는데 아빠 어디야 하면서 같이 가자고 한다. 머리 자른 자신감에 차 있는 모습이 멋있고 예뻤다.

내 딸아이라서 그래서인지 모르지만, 나 어때 하는 말에 예쁜데 했다.

아이는 와~우하면서 큰 액션 표현을 기대했는지 모르겠다.

딸아이는 반응이 크다.

아빠가 기분을 맞추어 주지 못했나 하는 생각이 앞섰다.

그런 표현에 아빠가 자기를 좋아하지 않나, 감수성이 예민했던 시기에 그렇게 생각했을 수도 있었겠구나, 하는 생각과 당시 아빠의 표현을 이해했을 것이라 스스로 단정한다.

한번은 아빠가 익싸이팅한 것을 해봤으면 좋겠다는 이야기를 한 적이 있었다. 대학 3학년 때인가? 아빠가 좋아하는 등산을 함께 하자고 했었다.

그래서 가까이 있는 의령 자굴산으로 향했다.

어릴 때 가끔 두 아이와 함께 산에 오르곤 했었지만, 성인의 나이가 되어서는 처음 산행인 듯하다.

나는 등산을 좋아하는 편이라 지금도 동호회에 가입하여 주말 등산을 즐기고 있다.

애 엄마가 둘째를 가졌을 때 산에 가고 싶어 두 살 딸아이를 데리고 창녕 화왕산에 올랐었다. 두 살짜리가 자기 생애 처음으로 접하는 풍경에 놀랐는지도 모른다.

겨우 아장걸음을 걷는 나이여서 배낭 위에 앉혀 등산했었지만, 힘이 들었다는 생각은 전혀 없었다.

오늘 등산으로 지난 추억이 새롭게 떠올라 이야기하면서 정상에 도착했다. 산 높이에 비해 막힘이 없는 조망으로 지리산 가야산의 윤곽이 눈에 들어왔고 사진 한 컷으로 아이와 작은 추억을 기록하는 순간이었다.

정말 소중한 추억으로 자리 잡고 있음이 느껴진다. 오늘 아이의 제안으로 함께한 산행은 또 아이가 아빠에게 만들어 준 하나의 추억으로 남을 큰 선물이 되었다.

나도 딸아이의 먹방 리스트(외국에 있으면서 국내 들어오면 먹어 보겠다고 정리한 메뉴)를 해결해 주고 싶어 메뉴를 선택하라 했다. 다른 고기는 많이 먹는데, 양념한 오리고기는 먹기가 어렵고 헝가리에는 없다는 말에 맛집이 어디일까?

고민 끝에 북면으로 갔다.

맛집답게 많은 테이블은 손님들로 가득했고 주인의 안내에 따라 자리에 앉아 인삼 오리 불고기를 주문했다. 인분이 아니고 한판에 약 4인분 정도 되는 것 같았다. 많다는 생각이 들었지만, 주문했다.

연신 맛있다는 표현을 하면서 먹는 모습만으로도 기분이 좋았다.

부족하지만 이것으로 딸아이에게도 아빠가 준 하나의 추억이 되었으면 한다.

딸아이에게 받은 소중한 시간 선물

휴가 첫째 날이다.

오랜만에 찾은 휴가가 21일부터 25일까지 긴 시간이다.

이렇게 긴 시간을 받은 이유는 딸아이가 2년 만에 집을 방문 하기 때문이다.

딸아이에게 오늘 일정을 위해 일찍 자라고 이야기했지만, 시차 때문인지, 라이프 스타일 변화 때문인지 말처럼 쉽지 않다고 한다.

오전 11시경 준비를 마치고 집을 나섰다.

바다를 보고 싶다는 말에 통영 방향으로 핸들을 돌려 1시간 정도 달려 통영에 도착해서 배를 타고 섬에 들어갈까도 했지만, 시간이 촉박할 것 같아 미륵도 섬을 한 바퀴 돌며 중간중간 경관이 있는 곳에서 인증 사진도 찍고 멀리 보이는 섬 풍경과 바닷물 색이 너무 아름답다면 좋아했다.

근무지인 헝가리에는 바다와 높은 산이 없단다. 그래서 그러한 느낌을 더 갖는 것 같다.

미륵도 섬을 한 바퀴 돌고 나니 시장끼가 돌아 금강산도 식후경이라는 말처럼 충무김밥으로 정하고 예전에 한참 밤낚시와 배낚시를 다닐 때 이른 새벽에 충무김밥에 시래깃국이 출출한 배를 채워준 맛이 기억나 여객 터미널로 갔다.

오후 4시 되다 보니 식당은 한가했다.

코로나 여파일 수도 있지만, 때가 늦은 시간 때문인 것 같다. 2인분을 주문하고 이야기를 나누는 모습이 주인아주머니가 인상 깊게 느껴졌는지 자기도 딸을 키우고 있지만, 아빠와 데이트하는 모습이 보기 좋단다.

정말 기분이 좋았다. 딸아이가 자기가 오는 것이 생일 선물 아이가 하는 말이 생각났다.

이것보다 더 큰 선물이 어디 있을까? 세상 최고의 선물이다.

휴가 둘째 날이다

오늘내일 일정이 어떻게 될지 몰라 숙박과 거창 할머니 외할머니 할아버지를 뵙고 올 준비를 같이해서 출발했다.

무작정 출발한 차는 진주를 향하고 있어 섬진강 풍경을 따라 드라이브를 하고 성삼재 노고단을 가는 계획과 여수에 들러 송광사를 거쳐 성삼재 노고단을 가는 두 가지 코스가 머리를 맴돈다.

섬진강 대교를 지나 순천 방향으로 차를 돌렸다.

여수 시내를 통과하여 섬길 섬, 백 리길 가보지 않은 길이 호기심을 자극했다. 운전을 시작하면서 언제부터인지 모르겠지만, 새로이 개통된 도로는 혼자서도 가보곤 하는 취미 아닌 취미가 생겨났다는 집사람의 이야기처럼 새로운 길을 가기로 했다.

여수에서 고흥 바다에 있는 섬 세 개를 연육교로 연결한 도로다. 정말 아름다운 풍경이다.

이탈리아 나폴리 등 아름다운 해안을 보기도 했지만, 어제 본 통영의 해안을 비롯해 어디에 내어놓아도 손색이 없는 풍경들이다.

딸아이도 흡족해했다.

마지막 다리를 지나니 예전에 와보았던 팔영산이 눈앞에 보인다.

그 경치 또한 일품이었다.

삼십오·육도를 웃도는 이 무더운 날씨에 등산하기에는 힘들고 딸아이 작은 고모부가 이 인근에 귀촌해 있어 전화번호를 누르니 그렇게 멀지 않은 거리에 있어 방문하기로 했다.

가는 길 시골집 담장에 이런 문구가 있다. '야 너 그들아! 집에 한 번 다녀가거라' 라는 문구가 마음을 심란하게 한다.

시골에 계시는 부모님들의 진솔하신 마음의 표현 아닐까? 아들·딸 걱정에 다녀갈 필요 없다며,

너그들 몸만 건강하면 된다고, 하시지만 주말이면 누군가를 기다리며 대문을 바라보시지는 않는지, 저 문구가 부모님들의 본심이 아닐까?

애들 고모부가 있는 마을은 전형적인 농촌 마을로 꽤 규모가 있는 마을이고 잘 정비가 되어 있는 마을이다.

고향마을이며 부모님들이 돌아가시고 빈집으로 있어 직장 은퇴 후 내려온 지가 벌써 7년이란다.

풍기는 시골 아저씨 모습에서 귀촌의 이미지가 느껴진다.

나도 1년 후에는 직장 생활을 마무리해야 한다.

전원생활에 대한 동경은 있지만, 막상 농사를 전업으로 하고 싶지는 않다.

오천여 평을 경작한단다.

친구들의 품앗이 등 기계의 힘을 빌린다지만 대단하다.

농사지어 만든 것인지 모르지만 내어놓는 오디 진액 한잔을 마시고 다음 일정을 소화하기 위해 골목길을 나섰다.

아직 점심 식사 전이라 시장기가 생겨 먼 거리지만, 벌교의 유명한 먹거리인 꼬막 정식을 먹기로 하고 예전에 가본 기억을 더듬어 찾아간 집이 휴업이다.

그래서 원조 꼬막 정식집으로 다시 발길을 돌렸다.

이곳 역시 예전에 방문한 기억이 있다.

꼬막 정식 2인분을 시켜 맛있게 먹었다. 꼬막의 채취 시기는 없지만, 7.8 월에 다소 맛이 덜하다는 이야기를 했지만, 맛있게 먹은 것을 보면 시장이 반찬이라는 말이 맞는 것 같다.

오늘의 일정이 빡빡하다.

송광사로 향하면서, 우리나라 삼보 사찰 중 한 곳이라는 이야기를 하면서 불보는 통도사, 승보는 송광사, 법보는 해인사라는 이야기를 하니 바로 네이버에 검색한다.

요즈음은 거짓 상식과 지식을 이야기할 수 없다.

실시간 확인이 가능하기 때문이다.

딸아이의 엄지척에 사소한 것이지만 어깨가 우쭐했다.

사찰 풍경을 보고 대웅전에 삼배하고 기와 불사에 우리 가정의 건강과 행복을 기원했다.

6시가 넘은 시간이다.

일몰이 7시 45분이란다.

지금쯤 성삼재 노고단에 가면 석양과 노을을 볼 수 있었을 것 같아, 성삼재 고갯길을 힘차게 달려갔다.

시간적으로 신의 한 수가 되었다.

일몰을 찍기 위해 사진작가들이 카메라를 줄 지워 세워 놓았다.

오늘 날씨가 쾌청해서 일몰의 풍경이 좋을 것 같다는 작가들의 공통된 생각일 수 있겠구나, 하는 마음에 앞에 펼쳐진 풍경을 정말 장관이었다.

등산하고 싶다는 이야기가 있어 노고단 등산을 계획했었는데 날씨가 더워 일정을 바꾼 것이 정말 좋았다.

풍경을 뒤로하고 하산을 하면서 또 늦은 저녁 식사가 되었다.

인월에 있는 유명한 흑돼지 삼겹살을 먹기로 하고 도착하니 9시 20분 전이라 손님을 받을 수 없단다.

테이블에는 손님들이 한참 식사 중이고 주인은 손님을 받고 싶은데, 외국인 종업원이 한마디로 거절한다.

외국인 종업원 원망을 하면서 고속도로 휴게소에 들러 보았지만, 코로나로 역시 마감했다.

할 수 없이 라면 2개를 사 들고 할머니 댁으로 향했다.

여행 여정에 만찬을 해야 하는데 아쉬움은 남는다.

몇 년 만에 보는 손녀를 보시고 한없이 좋아하신다.

이것이 가장 큰 선물이구나! 딸아이와 함께한 오늘 하루도 깊어가는 밤이 내일을 열어줄 것이다.

휴가 셋째 날이다

어머니께서 이른 시간에 일어나셨는지 수돗물 소리가 난다.

시계를 보니 6시 정도다.

어제 피로감도 있고 해서 일어나기에는 이른 시간이라 좀 더 자고 싶은 마음이 현재의 심정이다.

몸도 불편하신 분이 아들 손녀 왔다고 냉장고에 있는 생선이며 고기며 내어놓아야 해동한다며 부산스럽다.

나중에 저희가 한다고 했지만, 마무리하셔야 직성이 풀리시는 분이라 계속하신다.

살짝 잠이 들어 8시경 일어나 아침을 챙겨 먹고 요양보호사께서 혈압이 높고 눈이 불편하시다는 이야기를 해주셨다.

오전에 병원을 방문해 접수하고 딸아이에게 같은 병원 3층에 외할아버지께서 몇 주 전 교통사고로 입원해 계셔서 외할머니에게 연락해 병실에 다녀오라 했다. 나는 어머니의 진료를 위해 여러 곳을 다니다 보니 점심시간이 지났다.

딸아이가 외할머니를 모시고 접수대로 내려왔다.

연세 드신 두 분이 남남의 아들·딸 때문에 인연이 되어 사돈지간에 건강을 걱정해야 하시는 연세가 되어 병원에서 조우하시는 모습에 마음이 아프다.

그렇게 인사를 하고 안과병원으로 향했다.

점심시간이 지난 시간이고 식당 출입하시기가 불편할 것 같아 좋아하실지 모르지만, 롯데리아 햄버거를 사서 차 안에서 먹기로 했다.

빵 종류 중 햄버거는 자주 접하지 않은 음식인데 맛있게 잡수시며 손녀 덕에 이런 빵도 먹어본다면 좋아하셨다.

안과 진료 결과는 노안으로 나타나는 현상이며, 안약을 처방해 주었다.

어머니를 집으로 모시다 드리니 3시경이다.

딸아이와 약속을 지키기 위해 물 한 병과 모자를 챙겨 덕유산으로 향했다. 여전히 무더위가 기승을 부린다.

어릴 때 스키장에 왔었던 기억과 딸아이가 곤돌라 타고 무서워했던 이야기 하면서 곤돌라를 탔다.

설천봉까지 15분여의 시간이 소요되었다.

서늘한 바람에 반바지 차림이 추위가 느껴졌다.

5시 30분에 출발하는 마지막 하산 곤돌라를 타기 위해서는 향적봉까지는 1시간 정도 예상하면 바쁘게 움직여야 했다.

그래도 올라가면서 좋은 위치에서 한 장의 기록들을 남겼다.

정상에 도착했다.

1,614m 높이 올라왔다며, 좋아했다.

몰려오는 안개구름과 눈 아래 펼쳐지는 풍경이 한 폭의 그림에 비교가 될까? 7월의 덕유산 정상은 원추리꽃과 야생화 풍경으로 유명하다.

정상부 꼭대기에서 천기를 받으라며 두 팔을 벌려 카메라에 담았다.

휴가 넷째 날이다.

지난주에 잠시 왔던 아들 녀석은 학교 경진대회 준비한다며 그날 부랴부랴 대전으로 올라갔었다.

저희 누나가 오랜만에 왔는데 좀 더 같이 있으면 좋으련만 하는 마음이었지만, 책임감 강한 아들 녀석은 학교로 향했었다.

그런 녀석이 오늘 외할아버지 구순 생신에 퇴원일이라 거창으로 왔다가 다시 대전으로 올라가겠다며 오전 11시경 거창에 도착할 것 같다고 이야기했다.

시간이 약간 있어 봄에 심어놓은 호박밭에 풀 제거를 위해 예취기를 메고 1시간 정도 땀을 흘렸다.

심은 정성에 대한 보답인지 줄줄이 달려 있는 오이 몇 개를 따서 왔다.

차가운 수돗물에 조금이나마 더위를 식히고 터미널로 향했다.

다시 보아도 반갑다.

할머니께서 오랜만에 손주 손녀를 함께 보시니 기분이 좋으신 것 같다.

애들이 준비한 점심을 먹고 휴식을 취하고 애들 외갓집에도 들러야 하고 창원에 내려가기 위해 짐들을 챙기니 어머니께서 같이 있을 때는 좋았는데 또 가야 하네, 하시는 말씀에 마음에 짠하다.

농경사회에서는 한마을 가까이에서 모여 살았지만, 현대 사회는 각자 자기의 자리로 돌아가야 하는 것이 일상이다.

외할머니 외할아버지 역시 오랜만에 보는 외손자들로 기분이 좋으시다.

외할아버지는 구순의 나이에 이제 정신도 예전 같지 않지만, 유독 딸아이를 예뻐하신다.

딸아이 역시 요즘 애들 같지 않게 어른들께 잘한다.

딸아이가 두 분께 봉투 하나씩을 드리면서 자기가 주는 용돈이라며 외할아버지는 생일 선물이라 봉투 하나를 더 드린다.

두 분 모두 기분 좋게 웃으시며 좋아하신다.

최고의 선물이지 싶다.

그렇게 한바탕 웃고 어른들과 함께 오늘의 순간을 담고 오래 건강 하시라며 인사를 나누고 창원으로 출발했다.

휴가 토요일 일요일이다

내일이면 딸아이가 출국을 위해 서울에 올라가야 한다.

출국 준비를 위해 이것저것 챙길 것도 많다.

딸아이가 해결하지 못한 엄마 먹방 리스트 하나가 더 있었다.

엄마표 누룽지 탕으로 각종 해물을 넣고 만든 누룽지 탕은 어느 중식당 맛집보다 맛이 월등하다.

재료를 사기 위해 함께 마산 어시장으로 갔다.

예전 같으면 지금 시간대 많은 사람이 붐빌 것인데 오늘은 좀 한산하다.

코로나 여파인지는 모르지만, 아침 활발한 재래시장의 분위기가 아니다.

새우 전복 오징어 등등 해물을 푸짐하게 샀다.

딸아이가 들깨 씨앗 파는 곳을 물어 한 봉지 샀다.

그곳에서 화분에 심어 깻잎을 따먹고 싶어서인가 보다 신토불이 태어난 곳의 의미가 이런 것에 있는 것 같다.

애들 엄마가 만든 누룽지 탕이 큰 접시에 가득하니 나왔고 비주얼에서 A급 맛을 느끼며 사진 한 컷하고 엄마가 해주던 그 맛을 느끼게 해주어 한

가지 숙제를 해결하는 것 같았다.

집사람의 음식 맛에 아이들은 항상 좋아했다.

특히 아들 녀석은 어릴 때부터 엄마에게 먹고 싶은 것을 항상 주문했었다.

딸아이는 분주하다.

저녁에는 무척이나 좋아하는 곱창 막창구이를 먹기로 했다.

검색하니 가까운 곳에 깔끔한 식당이 있어 저녁과 같이 맥주 한잔에 건강하게 발전한 모습으로 보자면 건배의 잔을 들었다.

가족이 함께하는 시간이 가장 행복한 순간이라는 것을 새삼 느낀다.

휴가 마지막 날

오늘은 딸아이 출국을 위해 서울로 가야 하는 날이다.

가지고 갈 물건과 여권을 챙기고 엄마가 인천공항에 같이 가서 월요일 새벽에 출국을 배웅하는 것으로 했다.

처음에는 월요일까지 휴가를 내서 같이 갈려고도 했는데 원주까지 같이 가서 점심을 먹고 나는 내려오고 딸아이와 아내는 인천공항으로 가기로 했다.

창원에서 인천공항까지 운전하기에 너무 장거리라 서로의 피로감을 줄이기 위해서다.

또 모두 일상으로 가야 한다.

아들 녀석을 창원역에서 내려주고 우리는 원주로 향했다.

한낮의 뭉게구름에 문득 어린 시절 소꼬리 털을 뽑아 매미 잡던 시절이 생각난다. 놀란 소의 뒷발차기에 다치는 친구들도 간혹 있었다.

누구에게나 어린 시절의 추억이 아니라도 소중하고 기억하고 싶은 추억들이 있다. 딸아이 휴가로 아빠와 단둘이 이렇게 오랜 시간을 보낸 적이 없다.

외국에 나가 있는 시간이라 그런지는 모르지만, 너무나 좋은 시간이 되었다. 이렇게 보낸 시간이 아마 앞으로 또 있을지는 모르지만, 어려울 것 같다.

딸아이와의 소중한 추억의 시간을 갖게 되어 행복하고 감사하다.

원주의 애 엄마 숙소에 들려 엄마 사는 모습과 엄마가 근무하고 있는 사무실을 보고 무슨 생각을 가졌는지 모르지만, 엄마의 고생 또한 느꼈을 것이다.

딸아이와 보리밥집에서 식사를 간단하게 하고 엄마 숙소에 들여 휴식을 취한 후 서로 가야 할 길로 방향을 틀어야 했다.

아이에게 건강히 잘 있다 오라며 인사를 하고 출발했다. 순간 나도 모르게 마음이 울컥하며 뜨거운 액체가 얼굴에 흘러내렸다. 처음 느껴보는 감정이다. 어릴 때 예쁘게 웃는 사진의 모습이 눈에 스크린 되어 스쳐 지나간다.

마음 여리고 그런 아이가 훌쩍 커서 12시간의 비행기를 타고 지구 반대편에서 홀로 자신의 꿈을 키우고 있는 모습이 대견하기도 하고 또 엄마 아빠가 가까이에서 도움을 줄 수 있는 금수저가 아니라 그런가 하는 생각에 미안한 마음이 앞서기도 했다.

그런 기분으로 한동안 운전을 했다. 집에 도착하니 저녁 8시다.

아이 엄마, 아이도 숙소에 잘 도착했다 하고 작은아이도 잘 도착했단다.

또 각자의 위치에서 언제가 될지 모르지만, 만남을 기약해 보며 거실

공간을 다 채우지 못하고 빈 공간으로 남아 있는 부분에 아쉬움이 있다.

　채워야 할 공간이 있고 생각할 공간과 여유가 있다는 것은 삶을 풍요롭게 만들 수 있는 공간이 아닐까?

제 5장

마무리 이야기

마무리 이야기

페이지를 마감하려고 했는데 아쉬움이 조금 남는다.

사무실은 6월 지방선거 이후 인수위가 구성되고 현안 사업에 대한 T/F팀이 구성되어 업무보고와 자료 제출 설명 등으로 몹시 분주하다. 4년에 한 번씩 겪어야 하는 연례행사가 되었다.

이런 와중에 퇴직을 앞둔 느슨함에 미안한 마음이 들어 설명에 동행해 보기도 했다.

새로운 대안을 찾기도 하고 기존 계획을 승계하기 위한 기초 작업이라 이해하면 될 것 같다. 정책은 언제나 좋은 목적을 가지고 출발하지만 예기치 못한 사회적 환경의 변화로 인한 사업의 지연으로 사업부서는 고생한 보람도 없이 소용돌이 속에서 물거품이 되는 경우가 종종 있다. 조직 내에서 불가항력 상황에 대한 직원들의 수고를 존중해주어야 한다. 그렇지 않으면 누가 책임감 있게 업무를 하려고 할까? 누군가는 고민해 주는 것이 건강한 조직을 만들어 가는 것이 아닐까?

물론 이해관계를 가진 시민들 역시 기대감에 대한 피로감으로 많은 민원을 만들어 내지만, 오늘도 같은 공간에서 서로가 얼굴을 맞대고 커피 한 잔 옆에 놓고 바쁘게 시작한다.

주무계는 소내 전체를 아울러야 하는 업무와 각자 고유업무가 있어 아침이 좀 더 활기찬 분위기다. 정화 계장의 카랑카랑한 목소리는 오뚝이 같은 에너지가 있고, 이것저것 세심하게 챙기는 미정 주무관, 업무시간에 침묵으로 흐르다 한 번씩 시원함과 홈런의 기분을 느끼게 하는 인혜 주무관, 모두 계장 수업을 열심히 하고 있다. 좋은 보직 받기를 기원합니다.

전입 6개월 된 현아 주무관은 아직 아이들이 어려 힘들겠지만, 열정적이고 막내인 원정 주무관 또한 배워가는 모습이 보기 좋고 아침으로 진한 커피를 자주 얻어먹고 있다. 진한 커피로 기분 좋은 하루를 만들어 주어 고마웠어요.

산업입지는 창원경제의 기초라는 부서의 가치를 만들기 위해 덕산산업단지 업무에 열정을 쏟았던 점식 계장, 쏟고 있는 명수 계장, 무뚝뚝한 총각 태준, 코로나 위기에 아이 아빠가 된 원기, 조금 늦게 입문하여 배워가고 있는 민성 주무관, 일을 잘 풀어가는 친화력 있는 사무실 꺽다리 아저씨 현민 계장, 개발업무가 처음이라며 조심성 있지만 내실 있는 수광 주무관, 뚝심과 추진력 있는 정진 주무관, 치밀하고 분석력이 있는 화정 주무관 보상업무만 한다고 투정했다는데, 주무관 시절 좋은 경험이라 상상해보세요.

10년이 다 되어가는 사업을 맡아 쏟은 시간에 비해 큰 성과는 없지만, 오늘도 열정적인 하림 계장 공직생활 기억에 남을 만한 일을 하고 있습니다. 응원합니다. 같이 보조를 맞추고 있는 연수 주무관 여성이지만 화통한 목소리에 에너지 넘쳐 주변 시선을 끈다. 기업체 근무하다 조금 늦게 입문

했지만, 경험이 바탕 된 업무역량으로 맡은 일을 잘 마무리한 현두 주무관, 그리고 잔잔한 감동과 열정으로 준 같이 근무했든 영배 계장, 민정, 선일, 태재, 재영, 혁호, 성환, 다교, 정미 주무관 모두 멋진 공무원이 되길 기원하고 응원합니다.

함께여서 행복했습니다.

후배 님들은 가치를 평가받는 멋진 공무원이 되길 기원합니다